lu

LE PAIN AU GOÛT AMER

Martine Provis

LE PAIN
AU GOÛT AMER

FRANCE LOISIRS
123 boulevard de Grenelle, Paris

ISBN 2-7242-4835-X

Oh ! Le souvenir... miroir horrible qui fait souffrir toutes les tortures.

(Guy de Maupassant)

AVANT-PROPOS

L'histoire que nous conte Martine Provis est vraie : c'est la sienne. Enfant et adolescente, elle n'a connu que privations, punitions et humiliations — le lot des enfants martyrs. A vingt et un ans, démunie de tout, le visage déjà crispé par la souffrance, ne sachant pas même sourire de cette bouche continuellement marquée du rictus de la mélancolie, elle est encore inculte, à peu près illettrée : à l'âge où les enfants vont à l'école, elle était traitée en esclave par ses parents.

Rien que de normal donc si le lecteur découvre, au long des premiers chapitres de ce roman, un lourd parfum de souffrances psychologiques, conséquences de l'enfance tourmentée de la narratrice.

Repliée sur elle-même, ignorante de la vie et de ses pièges, elle a fui le domicile de ses bourreaux, mais sa naïveté, son ingénuité, sa timidité maladive la plongeront plus d'une fois au cœur du désespoir. Jusqu'à ce que le jour renaisse...

Oh ! ce n'est pas une victoire facile que Martine Provis a remportée ; elle a exigé bien du souffle, de l'application, de la persévérance, toute une volonté farouche. Si elle a écrit ce roman, c'est un peu pour exorciser son passé, mais avant tout c'est pour apporter un message de confiance à tous ceux, à toutes celles, qui souffrent d'être, ou d'avoir été, des mal-aimés. Elle leur assure qu'au bout de la nuit la lumière de l'espoir existe, et que rien, absolument rien, n'est jamais définitif.

1
Libre !

« C'est fini ! »

La peur m'empêchait de réaliser. Je m'étais enfuie. J'avais enfin trouvé le courage d'échapper à mes parents. Dix-sept années de brimades, de mépris, de torture quotidienne, physique et morale, depuis qu'ils m'avaient arrachée à l'affection de ma nourrice, avaient fait de moi cet animal craintif, étonné de sa propre témérité. J'avais osé. Ils ne me retrouveraient pas. Plutôt mourir.

Vêtue de hardes, les pieds chaussés de méchantes sandales qui me meurtrissaient à chaque pas, une musette presque vide pour seul bagage, j'étais montée dans le train comme un automate, paralysée par l'idée qu'ils aient pu me suivre. Mon dos et mes épaules me faisaient toujours souffrir. La canne y avait laissé des marques que je pouvais sentir du doigt. Ce serait le dernier souvenir que je garderais d'eux. J'entendais encore ma mère, qui glapissait, en regardant mon père me frapper comme une brute : « Toi, en tout cas, ne compte pas te sauver ! » Ma sœur, elle, s'était enfuie depuis de longs mois déjà, et c'est elle que j'espérais retrouver à Paris... Cette fois-là, je ne leur avais pas offert le plaisir d'un gémissement. Lèvres serrées, je m'étais contentée de compter les coups mentalement. Cinq, six, sept... Par ce silence, et malgré la douleur cuisante, j'avais déjà gagné.

Le rapide roulait depuis quelques minutes. La ville d'Amiens s'enfonçait à l'horizon dans un océan d'arbres mordorés. A leur tour, les villages et les hameaux défilèrent devant la vitre du compartiment, un dernier clocher émergea un instant, puis plus rien. Maintenant la plaine, vaste, superbe, s'accrochait au ciel d'un bleu d'azur. Les corbeaux et les choucas prenaient d'assaut les labours au fur et à mesure que les charrues, tirées par de solides percherons, s'éloignaient et s'éclipsaient dans les versants. Au loin, de frêles silhouettes, pareilles à des pantins, se courbaient, se dressaient, dans le jade sombre des betteraves. Une bande d'étourneaux s'envola d'un bouquet d'arbres perdu dans un vallon. Dans une prairie encore verdoyante un poulain tétait sa mère qui se fondait en caresses. Les hirondelles, perchées en rangs serrés sur les fils télégraphiques, annonçaient les prémices de l'automne. La nature vivait intensément ses derniers beaux jours. Assise dans le coin-couloir d'un compartiment de troisième classe, je restais pourtant insensible au charme de ce tableau.

Le front appuyé contre la paroi, je sentis une larme couler sur ma joue. Nous étions le 29 septembre 1945. Je n'avais rien à moi, aucun bien matériel, aucune culture ni éducation. Je fus secouée de sanglots. J'étais libre, mais à quoi bon ?

Ma seule consolation était de me dire que rien ne pouvait être pire qu'avant. Dieu, que j'étais triste ! Ma sœur avait bien promis de venir m'accueillir mais, sans nouvelles d'elle depuis des mois, je craignais qu'elle n'ait déjà choisi la voie dont elle me parlait si souvent. Elle prétendait avoir été touchée par la grâce. Il est vrai, et je l'ignorais à l'époque, que la religion peut être un refuge pour les malheureux, une échappatoire, un rêve de douceur qu'ils se construisent au plus fort de la souffrance. Elle avait fait alors allusion à un cloître, un couvent de carmélites dans le Bordelais. Je me mis à prier : « Mon Dieu, faites que je la trouve sur le quai ! ». Il ne me restait plus, sinon, qu'à reprendre le train pour Bordeaux. Seulement voilà, comment faire ? Mes seules économies venaient d'être englouties par l'achat de ce billet pour Paris.

Dire que mes idées étaient noires, en ce jour qu'aurait dû dominer l'allégresse, refléterait à peine la réalité. J'avais presque vingt et un ans. Je n'avais encore connu que la souffrance. J'ignorais le sens du mot amour. Les lèvres de mes parents ne s'étaient jamais approchées de moi que pour formuler des paroles de haine. Un jour, ils étaient même allés jusqu'à m'expliquer la phrase qu'ils venaient de me lancer à la tête : « On aurait dû te flanquer dans la cuvette à ta naissance ! ».

Ce geste, inaccompli par mes bourreaux, je le regrettais autant qu'eux... Je ne serais majeure que dans deux jours et, jusque-là, la loi leur accordait tous pouvoirs sur moi. Je redoutais qu'ils aient deviné ma destination, qu'ils me retrouvent, qu'ils me ramènent à Amiens et m'enferment cette fois-ci jusqu'à la fin des temps.

Plusieurs voyageurs m'accompagnaient dans le compartiment. Le regard perdu à travers mes larmes, je les voyais dans un brouillard. Des bribes de leurs conversations parvenaient jusqu'à moi, dénuées de sens. Je m'efforçai de conserver un peu de dignité en cachant mon visage dans les plis du rideau, comme si je dormais. Peu à peu, bercée par le rythme du train, je glissai dans une sorte de torpeur anesthésiante, avant de plonger dans un sommeil sans rêve.

Le balancement du train n'était plus le même. La locomotive avait dû ralentir son allure. J'entrouvris les yeux : des banlieues anonymes et grises étendaient leur triste monotonie à perte de vue sous un ciel lourd. Un grincement me signala l'ouverture de la porte coulissante qui me séparait du couloir.

— On approche de Paris, messieurs-dames !

Dans un sursaut, je relevai la tête. Le contrôleur parcourut du regard le compartiment, s'attardant longuement sur moi. Mes membres étaient engourdis. Mon cœur s'emballa. Paris ! J'étais presque arrivée ! Les autres voyageurs s'agitèrent dans un joyeux tumulte. Je découvris alors, effarée, les compagnons de mon premier voyage en solitaire. Mon voisin de face, un homme entre deux âges au visage rougeaud, fêtait notre arrivée en débouchant une bouteille de vin. La femme auprès de lui, mégère corpulente et fardée à outrance, avait les yeux rivés sur moi. Deux jeunes personnes et un second individu partageaient notre compartiment. Tout ce petit monde, surexcité, se préparait à la conquête de la capitale, qui rajustant sa robe ou son manteau, qui redessinant ses lèvres par petites touches précises de « Rouge Baiser » ou s'affairant autour des valises et des paquets. Le plancher était jonché d'épluchures, de coquilles d'œufs, de mégots, de bouteilles vides, de papiers gras. L'odeur de sueur, mêlée aux relents de nourriture, était insoutenable. J'avais pourtant connu pire, mais je sentis monter en moi comme une nausée. C'était la première fois que je me retrouvais seule, face à des inconnus. J'ignorais quelle attitude adopter. J'espérais, surtout, de tout mon cœur, qu'aucun d'eux ne m'adresserait la parole. En vain. L'alcoolique posa la bouteille à ses pieds, et, réalisant que j'étais revenue à la vie, m'apostropha :

— Bien dormi, la petite ? Vous êtes seule ? On vous attend à Paris ?

Sa femme lui expédia un regard meurtrier, tandis que je me pétrifiais.

— Ben quoi ? Z'avez pas de langue ?

Incapable de proférer le moindre mot, je hochai la tête. Le bonhomme prit ce mouvement pour un signe d'acquiescement et continua :

— Toute seule ? A votre âge ? Et vos parents vous ont laissée partir ?

Je frémis, tandis qu'il se mettait à ricaner. Certes les mauvais traitements, la malnutrition, les rudes besognes avaient abîmé mon corps et mes mains, mais l'innocence dans laquelle j'avais été tenue, bien malgré moi, avait préservé mon visage. Étais-je jolie ? Je ne saurais le dire. J'avais les yeux bleus, des cheveux blonds comme les blés, et un visage d'ange affamé. On pouvait me donner seize ans... ou cinquante si l'on s'attardait à mon regard.

— Je... Je ne...

— A la bonne heure ! éructa l'homme en reprenant sa bouteille et en s'offrant une nouvelle rasade. Elle sait parler ! Alors, la fugueuse, on va rejoindre son amoureux ou on en cherche un ? Je suis là...

Il se pencha un peu plus vers moi, et je sentis la tiédeur de son haleine fétide se répandre sur mon visage. Stoïque en apparence, la peur me tenaillait les entrailles. Et s'il allait me dénoncer, me livrer aux gendarmes qui, à leur tour, me reconduiraient chez mes bourreaux ? La mégère à ses côtés proféra un vague juron, qu'elle ponctua d'un violent coup de coude dans le flanc de « son homme ». Jalouse ?... Elle eut tôt fait de le ramener à de meilleurs sentiments en lui arrachant sa bouteille des mains ! Les autres passagers nous regardaient, gênés.

— Non mais, vise la dégaine ! maugréa-t-elle en me montrant du doigt. Tu vas pas t'acoquiner avec cette engeance... Et surtout si la gamine s'est carapatée ! On a déjà assez d'ennuis comme ça avec ta débauche !

— Vous feriez mieux de lui ficher la paix ! intervint enfin l'homme assis au bout de la banquette.

Les deux jeunes filles approuvèrent avec véhémence.

— De quoi je me mêle ? gronda l'alcoolique, soudain menaçant.

L'angoisse, l'odeur putride, le balancement du train, ces gens qui s'occupaient de moi, c'en était trop. La tête me tournait. Je me levai, titubante, sans doute effrayante par ma pâleur car, aussitôt, tous arrêtèrent de se quereller. Je sortis du compartiment, les mains plaquées sur la bouche. J'aperçus, comme dans une brume, un quai défiler par les glaces du couloir, tandis que je me ruais à l'extrémité du wagon. La porte des toilettes se referma sur moi, et je n'eus que le temps de me pencher sur la cuvette. Soudain, j'entendis le bruit aigre des freins, puis le long chuintement de la vapeur. Paris !

Les haut-parleurs déversaient leurs flots continus d'informations. Sur le quai, je restai immobile, poussée, bousculée, rudoyée par ceux qui savaient où aller. J'étais effrayée de l'affluence, du bruit, des cris. Dans la cohue, encore chancelante, j'écarquillai les yeux pour découvrir le visage de celle qui représentait ma seule espérance. Des couples s'enlaçaient. Des amis se retrouvaient. Des hommes et des femmes, accompagnés d'enfants, accueillaient un parent. Ce n'était que rires, exclamations, joie de toutes parts. Et moi ? Rien ? Un instant, j'eus envie de me laisser tomber à genoux et de hurler ma détresse. Dix-sept années de bagne, n'était-ce donc pas assez ?

Peu à peu le quai se vidait. La locomotive soufflait comme une asthmatique. Enfin elle se tut. Je me retrouvai seule, comme un ballot oublié.

Ma sœur n'était pas venue.

A présent, hormis quelques voyageurs isolés, le quai était désert. Une demi-heure avait dû se passer, et je n'arrivais toujours pas à m'y résoudre. Ma sœur n'avait pas dû recevoir mes lettres. Ou bien les avait-elle reçues, et refusait-elle de s'encombrer de la « petite dernière », la plus empotée des trois enfants de la famille ? Non ! Sotte que j'étais... Trop avide d'amour, elle devait déjà être à Bordeaux, entrée plus tôt que prévu dans les ordres, sous la protection de Dieu. Tant mieux pour elle, bien sûr, mais qu'allais-je devenir en attendant de pouvoir la rejoindre ? Le monde entier me paniquait. Et si seulement je savais où trouver mon frère. Enfui à douze ans de l'enfer « familial », il avait été retrouvé au bout de quatre jours, avant d'être abandonné par ses parents dans une école de mousses. A la déclaration de la guerre de 1939, son père — en dépit du jeune âge de son enfant : seize ans — avait eu ce commentaire en le sacrifiant à l'armée :

— Qu'ils en fassent de la chair à canon. Il sera au moins utile à quelque chose !

Comme ma sœur, je n'avais aucune nouvelle de lui depuis. Était-il encore marin, ou...

J'étais si seule aujourd'hui et tellement désorientée. N'y avait-il donc sur terre d'autre alternative que la souffrance ou la solitude ? Un train arrivait sur la voie opposée. Je m'approchai. Je me sentais attirée vers lui, hypnotisée. La machine monstrueuse, soufflant des nuages de fumée, s'avançait dans un vacarme infernal. Après tout, pourquoi pas ? Un instant de douleur fulgurante, et enfin la délivrance : la mort ! N'était-ce pas un faible prix à payer pour connaître enfin la sérénité ? Encore un pas, puis un autre... Le coup de sifflet strident ne me fit pas même sursauter. Je fermai les yeux. Un dernier pas et adieu...

— Mademoiselle !

Une main s'était refermée brutalement sur mon bras. Je voulus me débattre, mais je n'en avais plus la force. La locomotive, dans un fracas de tonnerre, passa devant moi tandis que mon sauveur me maintenait contre lui. Enfin je pus me retourner, rageuse, hagarde : de quel droit venait-on interférer dans mon destin ? C'était un homme jeune, plutôt élégant, dont le regard inquiet volait de moi aux wagons. Il relâcha enfin son étreinte lorsque la locomotive, dans un dernier halètement, s'arrêta à bout de course.

— Que vous est-il arrivé ? Vous avez eu un malaise ?

Je ne répondis pas. J'aurais dû être morte à cet instant et, plutôt que de le remercier, je le maudis intérieurement.

— Vous êtes toute pâle, mademoiselle... Voulez-vous que nous cherchions un médecin ?

Plein de sollicitude, l'homme ne semblait prêter aucune attention à mon accoutrement. A côté de lui, je ressemblais à une clocharde. Il avait de grands yeux clairs, portait une redingote sur une chemise blanche à col empesé. Je me souviens encore de ses souliers vernis que mon regard refusait obstinément de quitter. Qu'ils étaient beaux ! Qu'ils semblaient confortables ! Personne d'autre ne s'était rendu compte du drame.

— Merci, bredouillai-je enfin.

Puis, je m'écartai brusquement et, avant qu'il n'ait pu faire un geste, je me sauvai à toutes jambes.

— Venez au moins boire un café ! l'entendis-je crier.

Rien n'aurait pu m'arrêter. Je flottais sur un nuage de vapeurs sulfureuses... Il fallait m'enfuir au plus vite, avant qu'il ne me rattrape, qu'il s'interroge, et qu'il alerte les forces de police.

Le quai, de nouveau, grouillait de monde, bruissait intensément. La vie continuait. Indifférente à tout ce qui n'était pas ma peur, je me ruai vers la sortie.

Où aller ?

De gros nuages obscurcissaient le ciel depuis mon arrivée. Soudain, il se mit à pleuvoir à verse. Je n'avais qu'une idée en tête : m'éloigner de la gare au plus vite. En quelques secondes, je fus trempée jusqu'aux os, et ma robe — la seule que je possédais — se transforma en éponge. Je traversai une première rue en courant, puis une autre, et encore une autre, ignorant où mes pas me guidaient, sans ralentir mon allure. Enfin, à bout de souffle, je tentai de m'abriter sous un porche, déjà pris d'assaut par un couple. Ils durent me prendre pour une clocharde, une folle ou pire, que sais-je, car, après un bref regard méprisant, ils se détournèrent de moi. Qu'importe ! Mon cœur battait si fort que je le sentais prêt à éclater.

Pourquoi ce jeune homme m'avait-il sauvée ? En valais-je la peine ? Et pourquoi, stupidement, m'étais-je enfuie alors qu'il me tendait la main ? Allais-je passer le reste de mon existence à avoir peur et à me méfier de mon prochain, sous prétexte que mon enfance avait été un calvaire et mon adolescence une longue suite d'humiliations ?

La pluie s'interrompit et le couple s'éloigna. Je partis à mon tour. J'avais fui mes bourreaux pour survivre : le désespoir est un gouffre dont j'avais déjà vu le fond. Il fallait que je lutte. Ma vie était mon seul bien, désormais. Je sentis renaître mon courage, tandis que les battements de mon cœur s'estompaient.

La nuit n'allait pas tarder à tomber et la lueur des vitrines des magasins, des salles de cafés, des phares de voitures, crevait la grisaille d'autant de taches d'or. C'était beau, la vie ! J'étais transie de froid mais j'allais mieux.

Je profitai de ce répit dans mon âme pour échafauder quelques plans. Il fallait que je retrouve ma sœur. Je possédais, serrée sous mon bras par crainte des voleurs, une petite musette contenant quelques sous-vêtements et des bibelots auxquels je m'étais attachée. Leur vente me permettrait peut-être d'acheter mon billet pour Bordeaux. Au pire, je frauderais un peu. L'idée de tendre la main était exclue de mon esprit. J'ignorais le sens du mot charité et redoutais par-dessus tout le mépris des autres. Mais il me restait une dernière épreuve à affronter : le prochain train pour Bordeaux ne partirait pas avant demain. En attendant, je ne savais pas où loger et mon estomac, vide depuis le matin, me tiraillait de plus belle. Je continuai ma route vers l'inconnu. Au carrefour Barbès, les nuées orageuses crevèrent au-dessus des toits, déversant une avalanche de grêle dans un fracas de tonnerre. Aussitôt la place se vida, les passants se ruant vers les cafés ou dans les bouches de métro. Hébétée, mue par quelque crainte superstitieuse, comme si les éléments ne s'étaient déchaînés que pour ajouter à ma détresse, je restai plantée là, à l'abri sous le pont aérien. Revenue de ma stupeur, j'avisai un renfoncement de part et d'autre sous l'escalier du métro. Peut-être pourrais-je passer la nuit dans l'un d'eux sans me faire remarquer ? J'avançai prudemment, lorsqu'une voix me fit sursauter.

— T'as du pinard ?

Une femme sans âge, vêtue de haillons, avait déjà pris possession de l'une des niches. Les mains entourées de bandelettes sales, les pieds chaussés de morceaux de carton, elle faisait peine à voir et je compris qu'il existait un sort bien pire que le mien. Son visage bouffi, couperosé, encadré de filaments grisâtres et crasseux se fendit d'une moue hargneuse, dévoilant deux rangées de chicots.

— T'as du pinard, j'tai demandé ?

En réponse à mon signe de tête négatif, elle se mit à gesticuler. Je lui montrai mes mains nues et, prise du besoin de me confier, je lui expliquai mon chagrin, mon effroi. Rien n'y fit. Son cœur ne battait que pour sa seule passion. Malgré une certaine répugnance, j'essayai de l'amadouer pour rester auprès d'elle, tant j'avais peur de la nuit qui tombait. Mais lorsque je fis mine de m'asseoir, elle hurla :

— Fous le camp, si t'as rien !

Je reculai, les yeux pleins de larmes. Elle avait brandi le poing et tentait de se lever, ce qui semblait, pour elle, un effort quasi insurmontable. Mes parents m'avaient appris à mépriser ce genre d'individus. Pourtant, par leur haine, ils m'avaient poussée dans la même voie. Deux misères ne pouvaient-elles s'entendre, s'entraider, former un clan contre l'adversité ? La malheureuse s'écroula sur place, pitoyable. J'approchai de nouveau, avec l'intention de partager nos malheurs, cette nuit au moins. Je m'accroupis.

— Fous donc le camp, glapit-elle. C'est ma place ! Crève, traînée !

Ses lèvres se plissèrent sur un méchant rictus. Elle se racla la gorge et cracha un jet de salive qui m'atteignit en pleine face. Le cœur dans la gorge, je m'essuyai le visage en fuyant vers le recoin opposé. J'étais vaincue. Les murs étaient poisseux, l'endroit dégageait une odeur nauséabonde, mais je n'avais pas le choix. Je dus franchir un amas de détritus avant de me recroqueviller sur un carton étalé à même le sol, la tête dans le creux de mes bras. Un horrible frisson me parcourut tout entière : moi aussi, j'aurais aimé pouvoir oublier dans l'alcool.

La grêle avait cessé de tomber. De nombreux passants s'agitaient de nouveau autour de moi. Pas un ne daigna jeter un coup d'œil dans ma direction. J'étais déchue. D'enfant martyre j'étais devenue une laissée-pour-compte, une moins que rien, une clocharde. Je m'effondrai dans une sorte de torpeur tandis qu'une nuit sans étoiles étendait son manteau d'indifférence sur moi, sur nous, les infortunés, les misérables.

2
La soupe populaire

Le fracas du premier métro m'arracha à mon engourdissement. L'aube se levait sur un Paris aussi maussade que la veille. Les travailleurs matinaux s'étaient déjà emparés de la chaussée et des trottoirs.

Je retrouvai aussitôt le visage hideux, terrifiant, de la réalité. Assis côte à côte, non loin de moi, deux clochards, stoïques dans leur malheur, s'épouillaient serrés l'un contre l'autre. De mon refuge, je voyais les gens du marché aux puces installer leurs étalages. Les trottoirs, recouverts d'objets hétéroclites, de vieux vêtements, ressemblaient à l'arrière-cour d'un chiffonnier. Courbatue, grelottante de froid, ivre de fatigue, je me redressai, les jambes flageolantes. L'un des clochards m'interpella :

— Alors, la poulette, bien dormi ? Tiens, bois un coup, ça r'monte !

Bon enfant, il me tendit une bouteille de gros rouge largement entamée.

— Non, merci, monsieur, répondis-je, les joues en feu.

— Dis donc, la souris, faut pas prendre tes grands airs ! Où qu't'étais c'te nuit, hein ? Dans les salons de la bourgeoisie, ou comme nous, dans la merde ?

Je m'éloignai sous les ricanements. La plupart des camelots avaient fini d'étaler leurs marchandises. Je m'approchai de l'un d'eux, au hasard. C'était un vieux bonhomme, gras et avenant, au nez busqué et aux yeux pétillants. Il commença par me déshabiller du regard tandis que, piteusement, je déballais le contenu de ma musette. D'un ton égrillard, il commença par plaisanter sur l'origine des sous-vêtements et du peu de linge que je voulais troquer contre quelques pièces.

— Faut-il que tu sois dans la mouise pour vendre tes culottes ! Et celle que t'as sur toi, on peut la voir ?

Le prix qu'il m'offrait était dérisoire. Il le diminua de moitié lorsqu'il se rendit compte que je refusais d'entrer dans son jeu. Ses pièces volèrent par-dessus l'étalage, je les rattrapai tant bien que mal et dus pratiquement me glisser entre les piles de vêtements pour récupérer mon dû. Le bonhomme éclata de rire en me voyant à quatre pattes. Immédiatement, je courai me réfugier derrière l'un des piliers du pont aérien, dans l'espoir naïf d'échapper aux regards tandis que je glisserais l'argent dans mes chaussettes.

Les deux clochards ne m'avaient pas quittée des yeux. Ils avancèrent vers moi, tonitruants, gouailleurs.

— Alors, la richarde, on planque ses ronds sans penser aux aminches ? Montre-nous ça, la grue... T'as combien ?

Je parvins à m'en débarrasser au prix de quelques piécettes. Suffisamment, je crois, pour une bouteille ou deux, car, satisfaits, ils s'éloignèrent vers un café qui faisait l'angle avec le boulevard Barbès. Il me restait assez pour ma place de train, du moins je l'espérais, et pour me sustenter un brin. Quittant la place, j'avisai une boulangerie, un peu plus loin. Mon estomac hurlait depuis la veille, et ce repas-là, un simple morceau de pain, fut pour moi un vrai festin.

Tandis que je me dirigeais vers la gare, le ciel signa un armistice avec Paris. Les nuages s'égaillèrent. Un rayon de soleil me frappa de plein fouet. Je m'arrêtai au milieu du trottoir, heureuse de savourer ce signe de clémence. J'étais bien !

Il était près d'une heure de l'après-midi lorsque, ayant traversé tout Paris à pied, je me retrouvai devant la gare d'Austerlitz. Mes sandales me meurtrissaient horriblement. L'employé de la gare m'appela sa « petite dame », avant de m'assurer qu'il était désolé, mais que les quelques francs que je lui tendais ne suffisaient pas à payer ma place. Ce fut la fin de mes illusions. Je crus que j'allais m'effondrer. Désespérée, je me traînai jusqu'à la salle d'attente, heureusement vide, où je me laissai aller sur un banc. J'étais donc prisonnière de Paris ! Pour combien de temps ? Et comment assurer ma survie, puisque mon maigre pécule était intégralement réservé à mon départ ?

Pire encore. Mes parents devaient désormais se douter que j'avais fui vers la capitale. J'imaginai des avis de recherche, comme pour mon frère lorsqu'il s'était enfui, des policiers à mes trousses. Des silhouettes, parcourant en tous sens la salle des pas perdus, prirent l'allure de mon père. Quelle serait ma punition si, par malheur, ils me retrouvaient ? Leur imagination, dans ce domaine, était sans limites. Allaient-ils m'enfermer dans ma chambre, volets clos, et m'y laisser croupir pendant des semaines, comme ils l'avaient déjà fait ? Allaient-ils m'obliger à ingurgiter cette soupe infâme, faite de graillons et de haricots qu'ils m'avaient, pendant dix-sept ans, servie en guise de petit déjeuner, et me forcer à ravaler mon vomi si mon estomac venait à se révolter ? Combien de coups de canne allaient-ils m'infliger, cette fois ?

Mon repos fut de courte durée. La gare me semblait décidément trop dangereuse.

Une fois dehors, je me dirigeai au hasard. Le quignon de pain avalé quelques heures plus tôt n'était plus qu'un lointain souvenir, et mon estomac contracté me rappelait à l'ordre. J'étais prête à voler, à faire n'importe quoi pour les restes que j'apercevais dans les assiettes des clients attablés à la terrasse des restaurants. Soudain, mon cœur s'emballa. A quelques mètres de moi, au milieu du trottoir, s'entassaient des cageots pleins de légumes. Je me précipitai, oubliant les pièces de monnaie glissées dans mes chaussettes et qui s'incrustaient dans mes chairs. Alors que je tendais la main, j'entendis des protestations derrière moi et un homme m'agrippa rudement par l'épaule.

— Faut pas vous gêner ! Vous allez me dire que vous n'avez pas vu la queue, c'est ça ?

Effectivement, les yeux écarquillés, je découvris une file d'attente qui s'étirait sur le trottoir opposé tandis qu'un groupe d'hommes — dont celui qui m'avait interpellée faisait partie — assuraient un semblant de service d'ordre. C'était le Paris d'après-guerre. La France n'était pas sortie des restrictions. Des denrées plus ou moins fraîches rachetées par la municipalité, les hôpitaux et l'aide sociale étaient distribuées aux indigents. Ce que j'avais pris pour les restes d'un marché n'était qu'un étalage de charité. Qu'importe ma fierté, je mourais de faim. Je pris sagement ma place dans la queue, sachant pourtant qu'il n'y en aurait pas pour tout le monde. Mes compagnons étaient maigres à faire peur et l'odeur qui se dégageait du groupe aurait fait fuir une horde de charognards. Certains maugréaient à mi-voix, d'autres titubaient sous l'empire du mauvais rouge dont ils se nourrissaient avant tout.

On nous fit encore attendre un long moment, j'ignore pourquoi, puis un coup de sifflet donna le signal. Aussitôt, les plus alertes et les plus habiles se ruèrent sur les cageots et sur les sacs. J'étais loin d'en faire partie. Les hommes criaient, jouaient du coude. Les femmes tentaient de se frayer un chemin à coups de griffes. Lorsque, enfin, je parvins à me glisser jusqu'à la nourriture, il restait quelques pommes de terre, mais dans quel état !... Les cageots et les sacs éventrés jonchaient le sol. Je me contentai d'un tubercule que je dévorai sur place, sans même l'éplucher. Les autres s'étaient dispersés, cherchant ailleurs meilleure aubaine. Un couple, accompagné d'un enfant, s'avançait dans ma direction. Le petit me montra du doigt. Ils changèrent aussitôt de trottoir.

La fête était finie.

Les heures s'écoulaient et, malgré l'angoisse latente qui m'habitait, le temps m'apportait un espoir : j'étais presque majeure. Bientôt, je n'aurais plus rien à craindre. Au regard de la loi, mes parents perdraient tous leurs droits sur moi.

Demain, je partirais pour Bordeaux, où ma sœur devait m'attendre. Je trouverais bien une solution pour prendre le train. Une vie nouvelle commencerait alors. Je m'accrochais à ce raisonnement. Lui seul me permettait de tenir.

La misère était partout autour de moi. Gosses en haillons

traversant les rues par bandes tandis que j'allais d'un quartier à un autre, immeubles en ruine, mendiants, infirmes. Enfermée depuis toujours dans mon propre malheur, je n'avais jamais eu de la vie qu'une idée abstraite. Vivant dans une prison, j'imaginais qu'au-delà des barreaux s'étendait une sorte de paradis, dont j'étais seule exclue par quelque fâcheux coup du sort. Mes parents, sans vivre dans l'opulence, côtoyaient un milieu plutôt bourgeois. Les autres enfants, dont la fréquentation m'était interdite, semblaient tous heureux, bien nourris. Ils avaient des jouets, je les entendais rire. J'ignorais alors tout des suites de la guerre, des horreurs qu'elle avait engendrées, des camps de la mort, des massacres... D'une certaine façon, mes souffrances quotidiennes, pour intolérables qu'elles fussent, m'avaient prémunie. Le Paris que je découvrais était celui de la disette, du deuil et du retour des éclopés.

Je dus marcher ainsi pendant des heures, cherchant une idée, espérant une aide ou un signe du destin. Le jour, de nouveau, commençait à décliner. Il fallait que je trouve un endroit pour passer la nuit. J'aperçus alors un portail ouvert, donnant sur une sorte de jardin. Croyant avoir affaire à une propriété ou un parc public, j'avançai furtivement. Les abords étaient déserts. L'endroit était d'un calme étrange... Je tressaillis en entrant.

Horreur ! C'était un cimetière. Je n'eus pourtant ni l'énergie ni la volonté de ressortir. Longeant un vieux mur couvert de lierre, je m'approchai des tombes. Le gravier crissait sous mes pas. Une peur superstitieuse s'empara de moi mais je la rejetai aussitôt : les morts n'étaient-ils pas des compagnons infiniment moins dangereux que les vivants ? Dieu, s'il me voyait, m'accorderait des circonstances atténuantes. De toute façon, mes jambes ne me portaient plus. Forte surtout de mon désespoir, je choisis un caveau plus ancien, plus décrépi que les autres, tirai sur la porte rouillée qui s'ouvrit en grinçant, descendis quelques marches et me laissai tomber sur le prie-Dieu.

Enfin, je pus ôter mes chaussures. Mes pieds étaient en sang. Je m'étendis de tout mon long et attendis le sommeil, tandis que l'obscurité gagnait les lieux.

C'est ainsi, au milieu du calme impressionnant de la nuit éternelle, que j'atteignis l'âge de la liberté, celui de ma majorité civile.

Les morts sont des compagnons compréhensifs qui, jamais, n'oseraient troubler le repos des vivants. Cette nuit-là entre rêve et cauchemar fut pour moi la plus sereine depuis longtemps. D'autres, à ma place, auraient été terrifiés. Je dormis d'une traite, épuisée par ma trop longue marche et les émotions de la journée. Ainsi, mon imagination n'eut pas loisir de me jouer le moindre tour. Lorsque je m'éveillai, courbatue, le dos endolori, le plein jour filtrait par les interstices de la porte. Je me forçai à bouger et, à genoux, remerciai le Seigneur de m'avoir accordé une nuit d'oubli, tout en appelant Sa clémence et Son pardon pour le sacrilège que j'avais commis. « Seigneur, suppliai-je, j'ai trop souffert. Aidez moi à payer ma place de train ! » Peut-être m'entendrait-il, cette fois, puisque j'étais si proche de Lui : les cimetières ne sont-ils pas voisins des églises ?

Un bruit de pas, venant de l'extérieur, me rappela à la réalité. Je n'avais pas de montre et seule l'intensité du jour me donnait une indication approximative de l'heure. Sans doute était-il assez tard dans la matinée. Je remontai les marches et entrouvris la porte pour scruter alentour. Un homme et une femme s'avançaient entre les rangées de tombes, un bouquet à la main. Ils s'arrêtèrent. L'homme se pencha et déposa les fleurs au pied d'une stèle, à quelques mètres de moi. Je ne pouvais pas voir leurs visages, mais je devinais, par leur attitude, une douleur profonde. Ils se recueillirent longuement, sans échanger un mot, puis s'éloignèrent en me tournant le dos. Mon cœur battait à tout rompre. Je laissai passer encore quelques minutes et enfin m'arrachai à mon abri d'une nuit. Le cimetière semblait vide. Par curiosité je m'approchai de la tombe qu'ils venaient de fleurir.

Sur la stèle était écrit : « A notre regretté Émile. » Suivaient deux dates. Émile était mort à vingt et un ans, quelques semaines plus tôt. Fils, cousin, frère ? Je m'apprêtai à fuir lorsqu'un objet de couleur claire près de la dalle de marbre accrocha mon regard. Intriguée, je tendis la main. La tête, aussitôt, me tourna. Je n'arrivais pas à y croire. L'homme, en se baissant, avait laissé tomber son portefeuille.

Mon premier réflexe fut de chercher à rattraper le couple. Ils avaient perdu un être cher, et sans doute méritaient-ils mieux que de tomber sur une voleuse, fût-elle désespérée. Je les cherchai des yeux puis me mis à courir au hasard. Aucune trace d'eux, nulle part. Le portail, comme la veille, était grand ouvert. C'est alors que j'aperçus le gardien. Un homme âgé, grand et sec, qui soulevait son képi tous les deux pas pour se gratter le crâne. Il venait dans ma direction, parcourant les allées avec nonchalance. S'il m'avait déjà vue, il n'en montra rien. Figée parmi les croix, j'hésitai sur la décision à prendre. Fallait-il voir, dans cette aubaine, le signe du destin que j'attendais ? Fébrilement, j'ouvris le portefeuille. Il était plein de billets de banque. Dix fois, vingt fois le prix de mon ticket. Je saisis une coupure puis jetai le portefeuille et son contenu au milieu de l'allée, bien en évidence, sur le chemin du gardien.

— Mon Dieu, priai-je, faites qu'il soit au moins aussi honnête que moi !

Là-dessus, je pris mes jambes à mon cou.

Au moment de franchir le portail, je me retournai pour voir le gardien intrigué qui se frottait le sommet de la tête en observant ses pieds. Puis il se pencha...

« Les morts, songeai-je en prenant la direction de la gare d'Austerlitz, le cœur plein d'allégresse, sont combien plus cléments que les vivants ! »

Je possédais non seulement de quoi acheter mon billet pour Bordeaux, mais aussi suffisamment pour m'offrir un vrai repas.

Cher Émile, mon jumeau infortuné, Dieu ait ton âme et bénisse tes parents !

3
Martine

L'horloge du quai annonçait huit heures lorsque le train arriva en gare de Bordeaux. Je tombais de fatigue et tremblais de froid. J'avais pratiquement passé la nuit debout, n'ayant trouvé, pour m'asseoir, qu'une valise trop encombrante, abandonnée dans le couloir du wagon. Le flux des voyageurs m'avait contrainte à me lever à chaque arrêt de l'omnibus, jusqu'à Angoulême où, par malchance, descendait le propriétaire de mon siège improvisé. Rendu furieux par mon sans-gêne, il m'avait d'ailleurs obligée à l'aider. Je me souviens encore de la scène : moi poussant, lui tirant depuis le quai, le bagage aussi lourd qu'une malle et trop large pour passer la fenêtre.

Les trains, à cette époque, étaient constamment bondés, comme si la population civile, à peine remise de la guerre, avait besoin de ces déplacements incessants pour retrouver son équilibre et oublier. La réalité était tout autre. Le nombre alarmant des chômeurs justifiait ces migrations constantes, chacun espérant trouver ailleurs un emploi qui lui faisait cruellement défaut.

Lorsque je me retrouvai sur le quai, le soleil brillait de tout son éclat. Je n'avais aucune idée de l'importance de la ville et me souvenais simplement des rares descriptions faites par ma sœur, à l'époque où elle m'avait parlé de sa décision de s'enfuir pour entrer au couvent. Elle avait alors vingt-quatre ans et moi dix-huit.

Tout en m'éloignant de la gare, j'essayai de me rappeler notre dernière conversation.

— Quand pars-tu ? lui avais-je demandé.

— Dans une semaine ou deux. Je resterai à Paris quelque temps. Tu me rejoindras. Je viendrai te chercher... Écris-moi, avant. Mais surtout, pars ! Ils vont finir par te tuer, si tu restes avec eux...

— Et si tu n'étais plus à Paris ce jour-là ?

— Cela m'étonnerait... Mais on ne sait jamais, tu as raison. Dans ce cas, je serai certainement déjà entrée au couvent, à Bordeaux. Il n'est pas très loin de la gare. Tu le trouveras facilement...

Il m'avait fallu trois ans pour me décider et, sans doute, la réaction de mes parents à l'annonce du départ de ma sœur était-elle pour beaucoup dans ma longue hésitation. Ils l'avaient à moitié étranglée et je sais que, des mois plus tard, sa gorge portait encore les marques noires de strangulation que lui avait valu l'aveu sincère de son départ.

Mon cœur se mit à battre très fort lorsque, ayant suivi les instructions d'une brave dame, j'aperçus la chapelle jouxtant un long mur de pierre, au détour d'une ruelle étroite et calme. La porte à double battant était telle que je l'avais imaginée : majestueuse et sombre. J'étais sauvée. Je tirai d'un coup sec la poignée de bronze qui pendait à l'extrémité d'une chaîne. Le joyeux tintement de la clochette contrastait avec l'austérité de la façade. Il y eut un long silence, puis le crissement du gravier sous les pas. Un judas s'ouvrit sur un visage dont je ne pouvais voir que les yeux et le nez. Puis une voix teintée d'un fort accent du Sud-Ouest dit doucement :

— Sœur Véronique vous écoute !

Je restai interdite sous le poids de l'émotion. Un peu déçue quand même. J'espérais que la porte s'ouvrirait aussitôt.

— Je suis la petite sœur d'Alberte, balbutiai-je. Je... je voudrais la voir... Elle m'attend.

La religieuse cligna des yeux et son regard s'assombrit.

— Mon enfant, on n'entre pas comme ça dans la maison de Dieu... Puis-je connaître l'objet de votre visite ?

Une brise légère soufflait, faisant voler la poussière à mes pieds. Je me sentais sale, et tellement indigne de ce lieu. Une porte me séparait du ciel, je laissais l'enfer derrière moi. Je m'empêtrai dans mes explications :

— Je suis sa sœur. Alberte m'a dit... Je veux dire... Je... J'arrive de Paris.

La religieuse me coupa.

— Désolée, mon enfant. Nos règles sont très strictes. Il existe une procédure pour que nos jeunes novices restent en contact avec leur famille. Pourquoi ne pas lui faire parvenir une lettre ?

Une lettre ? Je gardai la bouche ouverte, comme un enfant affamé qui tend la main pour prendre un gâteau et reçoit une tape. Elle ne comprenait donc pas ! Avant que j'ai pu m'exprimer de nouveau, le guichet s'était refermé.

— S'il vous plaît, me mis-je à supplier devant la porte close. Je n'ai nulle part où aller !

Tout à coup, mon émotion, ma timididé se transformèrent en hardiesse. L'injustice était une vieille compagne, mais soudain elle me révoltait. J'ébranlai à toute volée la clochette et tambourinai contre l'un des battants. Le judas s'ouvrit de nouveau. Je haletai :

— Je veux voir ma sœur !

La religieuse, regard sévère et méprisant, me détailla des pieds à la tête avant de gronder :

— Inutile d'insister, je serais obligée d'appeler la mère supérieure.

— Oui ! Très bien. Allez la chercher. Il faut que je m'explique...

— En aucun cas à cette heure-ci, répondit la sœur portière d'un ton cinglant. Notre mère est en plein recueillement. Vous feriez mieux de partir. Allez. Je dirai à votre sœur de prier pour vous...

Là-dessus, d'un geste sans appel, elle fit claquer le judas. Je restai abasourdie : ma sœur était là, tout près, derrière cette porte. C'était absurde. Et qu'avais-je à faire de ses prières, moi qui venais de fuir l'enfer et ne savais ni comment me nourrir ni où loger ? Alberte était-elle prisonnière ? Était-ce cela la charité chrétienne dont elle m'avait si souvent décrit les vertus ?

Lui écrire ? Mais comment ? Et où me répondrait-elle ? Je tirai rageusement la poignée à plusieurs reprises, cette fois sans effet. La rue était toujours déserte, à l'exception d'un vieux chien au pelage jaune qui m'observait d'un air étonné. Ce nouveau coup du sort, en me prenant au dépourvu, raviva ma rancœur. L'indignation, le dégoût, la colère contre l'humanité et contre la vie elle-même me submergeaient. Mon esprit se rebella tout à coup. J'étais rejetée, le monde s'était ligué contre moi. Jusqu'à ma sœur, qui trahissait sa promesse en m'abandonnant. Désormais, j'étais seule, avec pour arme unique cette énergie nouvelle que je sentais grandir : le désir de vaincre, de m'en sortir sans rien devoir à personne. J'allais prouver au monde ce que je valais ! On ne se moquerait pas impunément de moi !

J'expédiai un dernier coup de pied dans la porte close puis tournai les talons.

Trouver du travail, je m'en rendis bien vite compte, était une gageure. Mon accoutrement ne pouvait guère inspirer confiance dans une ville bourgeoise comme Bordeaux. De plus, bien qu'ayant servi de bête de somme à mes parents, et ce dès mon plus jeune âge, je n'avais aucune qualification particulière. Certes, je savais cuisiner, peindre, coudre, réparer, gâcher le plâtre et jardiner : mais c'étaient là des compétences dont il aurait fallu faire la preuve et personne n'allait me mettre à l'essai. Les portes claquèrent, les unes après les autres, tout au long de la journée. Ici, on cherchait une vendeuse mais mon allure de clocharde rebutait ; là on avait besoin d'une secrétaire et je savais à peine écrire. Si l'on m'écouta, ce fut invariablement pour me poser les mêmes questions :

— D'où venez-vous, ma fille ? Montrez-moi vos références. Où habitez-vous ?

Bien entendu, je n'avais aucune possibilité d'expliquer ma situation et j'étais chassée invariablement. La journée s'écoula, de déceptions en échecs. Bientôt viendrait l'heure fatidique. La nuit évoquait pour moi un effroi tout particulier. Je ne me sentais plus le courage de dormir dans un cimetière. Il me restait quelques francs. Assez pour un repas frugal, mais certainement pas pour une chambre d'hôtel.

Mes pas m'avaient rapprochée du port. Une activité fébrile y régnait encore, tandis que le soleil couchant embrasait le ciel. Des sirènes renvoyaient leurs échos dans le lointain. Les dockers, les mariniers, les mareyeurs remontaient vers le centre de la ville, souvent à pied, parfois entassés dans de vieilles camionnettes bringuebalantes. J'entendais leurs rires, leurs plaisanteries, et soudain je me pris à avoir peur. Seule, bientôt dans l'obscurité, j'étais à la merci de n'importe qui. Pour la première fois de ma vie, je me résolus à entrer dans un bar.

Mes parents m'avaient toujours décrit ces endroits comme des lieux de perdition. C'est donc le cœur battant, intimidée, honteuse que j'avançai parmi les tables, dans une salle enfumée, tout en longueur, peuplée pour l'essentiel de soldats. La plupart étaient déjà saouls, les autres commandaient leurs consommations à grand renfort de gestes, sifflant, piaillant, tambourinant sur les tables : j'étais terrifiée. Mon arrivée avait déclenché leur hilarité et les quolibets fusèrent. J'aurais voulu me faufiler dans un trou de souris. Une glace piquée, occupant tout un pan de mur, me renvoya mon image : celle d'un véritable épouvantail. J'eus peine à reconnaître mon visage crispé, fatigué, terreux, entouré d'une chevelure terne, ma silhouette avachie, les bras pendant sans grâce le long d'un corps hideusement fagoté.

— Vise-moi la poulette ! Elle sort d'où, celle-là, d'une poubelle ou d'un hospice ?

Nouveaux éclats de rire. J'avisai, au fond de la salle, une jeune femme assise derrière un comptoir, trop absorbée par ses comptes pour me remarquer. D'instinct, je me dirigeai vers elle. Elle avait les traits réguliers, fins, délicats. J'étais à un mètre d'elle lorsqu'elle leva enfin les yeux sur moi. Dans mon dos, les commentaires allaient bon train. Son regard, un instant douloureux, vola de mon visage aux soldats. Il se fit dur, puis redevint très doux lorsqu'il se posa de nouveau sur moi. Sans hésiter, je demandai :

— Avez-vous du travail pour moi, madame ?

J'avais provoqué la surprise. Aussitôt, les plaisanteries cessèrent, et même les plus rustres retournèrent à leurs godets.

Au bout d'un moment qui me parut interminable, elle reposa son crayon et se redressa.

— Un travail ?

— Je vous en prie, madame... Je ne connais personne à Bordeaux... Je viens d'arriver.

— Que savez-vous faire ? demanda-t-elle d'une voix douce.

J'hésitai. C'était ma première lueur d'espoir. J'osais à peine parler, de peur, par une réponse maladroite, d'essuyer un nouveau refus.

— Eh bien, c'est-à-dire...

— Avez-vous déjà servi dans un bar ?

Je fis un signe de tête négatif et sentis une larme couler sur ma joue.

— Tant pis, dit-elle d'un ton énergique. Il faut un début à tout. C'est bon. Je vous embauche. Le matin vous vous occuperez de mon bébé et l'après-midi vous m'aiderez en salle.

C'était à mon tour d'être stupéfaite. Je n'en croyais pas mes oreilles. Comment alors lui avouer que je n'avais jamais approché un bébé de ma vie ?

— Vous serez nourrie et logée, ajouta-t-elle aussitôt. Je ne suis malheureusement pas assez riche pour vous offrir un salaire. Il faudra vous contenter des pourboires. Vous commencerez demain matin, si vous êtes d'accord...

Si j'étais d'accord ? J'aurais volontiers travaillé pour rien, simplement pour un toit, pour son sourire et pour entendre sa voix. Elle répéta « D'accord ? » d'un ton presque suppliant, comme si elle craignait mon refus. J'acquiesçai aussitôt.

— Au fait, comment vous appelez-vous ?

— Marthe, murmurai-je du bout des lèvres.

— C'est un peu rude à prononcer. Dorénavant, si vous voulez bien, je vous appellerai Martine.

Elle se leva et me fit signe de la suivre, tandis que je balbutiais « Merci », avant de lui emboîter le pas.

De ce jour-là, je devins Martine, pour elle et pour tous les autres. En changeant d'identité, j'espérais que j'allais changer de vie.

4
En vertu de l'amour

La chambre était petite, sobre, mansardée. Le mobilier, réduit à son strict nécessaire, se composait d'un lit-cage, recouvert d'une épaisse courtepointe, d'une armoire de bois blanc, d'une petite table de nuit sur laquelle était posé un réveil, et d'une chaise dépaillée. La pièce sentait le propre. J'avais à peine la place de m'y mouvoir, mais une bouffée de bonheur m'envahit dès que je fermai la porte : j'étais chez moi !

Pour le coup, j'oubliai la religieuse derrière son judas, les réflexions désobligeantes des soldats, ma nuit de train, le cimetière... Je tirai la chaise sous la lucarne, grimpai dessus et me haussai sur la pointe des pieds : les toits de tuiles ponctués de cheminées s'étendaient à perte de vue, reflets irisés et pourpres dans la pénombre. Enfin, rassurée sur mon sort immédiat, je me débarrassai de mes vêtements et me jetai sur le lit. Même la faim et la promesse d'un bon dîner ne purent m'arracher à l'état de sommeil. Je dormis comme une souche jusqu'au matin.

Sans la sonnerie du réveil, réglé à six heures, j'aurais sans doute fait le tour du cadran. A peine debout, je me ruai vers le lavabo, que j'avais remarqué la veille dans le couloir, et procédai tant bien que mal à ma première toilette depuis trois jours. L'eau glacée me revigora complètement. Je n'avais que quelques minutes devant moi car j'entendais déjà pleurer le bébé. J'eus à peine le temps de m'habiller — seul détail désagréable, je n'avais pas de vêtements propres — que ma bienfaitrice m'appelait :

— Martine... Vous êtes réveillée ? Avant tout chose, préparez le biberon de Dominique. Tout est sur la table de la cuisine, au fond du couloir. Vous déjeunerez ensuite : il y a du chocolat pour vous dans le placard !

Du chocolat ? Je n'y avais presque jamais goûté. Je me souvenais seulement que c'était délicieux. J'en eus les larmes aux yeux.

Quelques minutes plus tard, je faisais mon entrée dans la chambre, le biberon à la main. Dominique était un beau bébé joufflu, qui se mit à hurler en me voyant. Sa maman sourit, le prit dans ses bras et lui caressa le visage.

— Bonjour Martine. Passez-moi le biberon, vous voulez bien ?

La tendresse qu'elle prodiguait à son bébé m'émut au delà des mots. J'ignorais qu'une mère pût être si attentionnée. Ce qui rendit d'autant plus affreux l'incident qui allait suivre. Dominique battit des bras et des mains et se jeta goulûment sur la tétine... Une seconde plus tard elle s'empourprait, recrachait le lait. Son hurlement m'arracha le cœur et les tympans. J'avais normalement fait chauffer le lait, mais, pour un bébé, c'était brûlant.

— Qu'avez-vous fait ? cria la mère. Voyons, Martine, où avez-vous la tête ?

Penaude, je bégayai des excuses tandis qu'elle laissait tomber quelques gouttes sur sa main, secouant la tête, pas vraiment en colère pourtant.

Le bébé se débattait de plus belle. Elle le berça doucement puis, voyant mon air atterré :

— Ce n'est pas grave. Il n'y a plus qu'à laisser refroidir. Allez donc prendre votre petit déjeuner. Nous ferons la toilette de Dominique tout à l'heure.

Une telle indulgence me noua la gorge. Je me précipitai dans la cuisine, bien décidée à lui prouver qu'elle ne s'était pas encombrée d'une empotée ni d'une ingrate. Malgré la faim qui s'était réveillée, je n'avalai qu'une bouchée de la grosse miche de pain posée sur la table, et commençai à briquer le carrelage. La pièce était petite, j'en vins à bout en quelques minutes. Puis, alors que, chiffon à la main, je m'attaquais aux étagères, j'entendis le gazouillis de Dominique derrière moi.

— Savez-vous au moins convenablement langer un bébé ? me demanda la jeune femme en entrant dans la pièce.

Je sursautai à la question, qui me mit aussitôt dans une affreuse alternative : si je répondais oui, elle se rendrait compte de la supercherie, et j'étais convaincue qu'une réponse négative la décevrait. Pire, elle entraînerait peut-être mon renvoi. De toute facon, c'était sans issue. Je murmurai en baissant la tête :

— Non, madame...

Cette fois, je la vis se figer. Ses traits et son regard se durcirent.

— Comment ? Mais que savez-vous faire, alors ? Pourquoi avez-vous accepté cet emploi ?

Je la sentais au bord de la fureur. Je compris qu'elle se sentait trompée, trahie. Elle était si belle, et personne n'avait encore fait preuve de tant de gentillesse pour moi. La peur de la voir en colère me paralysait. Aucun son ne sortit de ma gorge nouée.

— Je vous ai posé une question, expliquez-vous ! jeta-t-elle sèchement.

A quoi bon tergiverser ? Je lui devais au moins la vérité. J'étais sûre de n'avoir plus rien à perdre. Alors, par le menu détail, je lui contai les péripéties qui m'avaient conduite chez elle. Elle s'assit, intriguée. Dominique s'était endormie dans ses bras. Voyant qu'elle m'écoutait attentivement, je m'enhardis, et lui expliquai tant bien que mal ce qu'avait été mon enfance. Je la sentis tout d'abord incrédule, mais je m'exprimais avec une telle maladresse que ma sincérité ne pouvait faire aucun doute. Elle poussa un gémissement lorsque, à sa demande, oubliant toute pudeur, je lui montrai les traces de coups sur mon dos. Les mots, maintenant, sortaient d'eux-mêmes, comme une litanie interminable et désespérée contre l'ignominie, la petitesse, la lâcheté. Je ne sais combien de temps je lui parlai ainsi, mais je vis ses yeux s'embuer. Je la surpris à serrer son enfant contre son cœur, comme si, par ce geste, elle voulait la prémunir d'un sort équivalent. Enfin, mon récit achevé, elle essuya son visage mouillé de larmes, gardant les yeux fixés sur moi. Il y eut un long silence que, pour rien au monde, je n'aurais voulu rompre. Puis elle soupira.

— Ma pauvre petite...

C'était la première fois que quelqu'un m'écoutait et me plaignait. Devant tant de gentillesse, exprimée par ces simples mots de compassion, j'éclatai en sanglots. Je sais, aujourd'hui, que je ne pleurais pas sur moi-même, mais sur cette autre enfant, une certaine Marthe qui, depuis la veille, n'existait plus.

— C'est bien, Martine, dit-elle au bout d'un moment, je m'occuperai moi-même de Dominique. Le matin, vous nettoierez la maison. L'après-midi, je vous apprendrai à servir au bar. Et d'abord, vous allez changer de robe. Je vais vous en prêter une...

Il ne me fallut que deux jours pour apprendre mon nouveau métier et m'adapter à ma nouvelle vie. La clientèle du bar, composée principalement de militaires et de marins, était facile à contenter : café, canettes de bière, vin bon marché. Très vite, je sus utiliser le percolateur, remettre la tournée avant que les verres ne soient complètement vides, accepter les consommations offertes par les clients — sans les boire, afin de les récupérer par la suite — et mêler mon rire à celui des autres. J'étais transfigurée. Ma nouvelle robe me seyait à merveille et, sur les conseils de ma protectrice, j'avais même réussi à arranger ma coiffure. Mes vingt et un ans firent le reste. A cet âge, on a encore la beauté du diable. Chacun me laissait de gros pourboires dans l'espoir de gagner mes bonnes grâces et, qui sait, de me conquérir.

Plusieurs mois s'écoulèrent ainsi. Les périodes heureuses sont souvent les plus difficiles à décrire, car elles ne comportent presque jamais d'événements marquants. Je gagnais plus d'argent que je n'en avais jamais vu. Le bar *A la coloniale*, fermait le lundi, qui était pour moi jour de repos. J'en profitai pour visiter Bordeaux, souvent en compagnie de Marie-Hélène — c'était le nom de ma patronne — et je découvris ainsi qu'elle avait eu sa part de malheur. Son mari était mort pendant la guerre. Elle avait hérité de lui ce bar, et mis au monde cette enfant qui ne connaîtrait jamais son père. A nous trois, nous commencions à former une petite famille. Marie-Hélène, pleine de sollicitude, m'apprit à me maquiller, à choisir mes vêtements. Je n'étais pas coquette mais je me souviens encore de ma joie naïve, chaque fois que j'apercevais mon image dans le miroir de la grande salle. Sans être vraiment jolie, j'étais fraîche et charmante. Mes yeux bleus s'étaient dotés d'un éclat nouveau et mon sourire, apparemment, plaisait. Mais si ma silhouette attirait les hommes, ma mentalité était encore celle d'une enfant de douze ans.

Mon âme était en convalescence. L'éveil tardif de mes sens me rendait d'autant plus fragile.

J'allais bientôt, une fois de plus, payer pour mon manque d'expérience et l'ignorance de la vie dans laquelle mes parents m'avaient tenue...

Pendant des années je me suis appliquée à effacer son prénom de ma mémoire. Aujourd'hui je le retrouve avec indifférence : Julien. J'avais besoin de tendresse. J'avais aussi un besoin impérieux d'aimer. La malchance a voulu que nous nous rencontrions. Tels sont les caprices du hasard.

Un dimanche, un sergent-chef, en grande tenue, entra dans l'établissement. Je fus aussitôt troublée par la prestance de ce beau garçon aux yeux clairs, tellement différent des autres. Il s'adressa à moi avec politesse et retenue, déclenchant même les quolibets de ses camarades, plus prompts à la plaisanterie gouailleuse en présence d'une serveuse de bar. Julien, donc, prit ma défense et je le vis même sur le point de s'emporter. Un peu plus tard, il vint me présenter ses excuses pour le comportement de ses compagnons. C'est ainsi qu'il commença à me faire la cour.

— Je serais navré qu'ils vous aient blessée...

— Ne vous en faites pas, répondis-je. Je ne les écoute pas. J'ai l'habitude.

— L'habitude ? On ne le dirait pas, pourtant. Une jeune fille aussi charmante que vous ne devrait pas travailler dans un bar. Je vous observais, tout à l'heure. J'ai vu une ombre de tristesse passer sur votre visage. A quoi pensiez-vous ?

Julien était un beau parleur. Sa voix chaude vibrait d'un enthousiasme communicatif. Ses yeux s'étaient rivés sur moi. Son regard descendit sur ma bouche. Je rougis, balbutiai et profitai de l'impatience d'un client pour lui échapper.

Il revint le lendemain, cette fois-ci habillé en civil.

— J'ai pensé que mon uniforme pouvait vous effrayer. Vous côtoyez tellement de soldats, et si peu savent se comporter correctement... Je ne voudrais pas que vous m'assimiliez à eux.

— Oh, non, bredouillai-je. Certainement pas... J'ai tout de suite vu que vous étiez différent. Vous êtes gentil... enfin, je veux dire... bien élevé.

Il sourit, commanda une bouteille de vin et m'offrit de m'asseoir à sa table. Ce que je refusai, évidemment. Marie-Hélène était occupée à l'autre bout de la salle. Le bar, ce soir-là, était à moitié vide. Julien m'effleura la main.

— Quel est votre jour de congé ? demanda-t-il.

— Je... je n'en ai pas.

Il eut l'air étonné.

— Ah bon ? Pourtant le bar ferme le lundi.

— Oui, mais ma patronne a besoin de moi pour l'aider avec son bébé...

Mon mensonge éhonté parut le blesser. Je m'en voulus aussitôt. C'était la première fois qu'un homme s'adressait à moi avec déférence. Mon cœur battit à tout rompre lorsqu'il poursuivi :

— Dommage... J'ai une permission en retard. J'aurais aimé vous revoir, en dehors d'ici. Je me sens si seul à Bordeaux...

L'allusion qu'il fit à sa solitude me remua tout entière. Il entreprit, brièvement, de me raconter sa vie. Orphelin, il était pupille de la nation et s'était engagé dans l'armée pour trouver la sécurité, mais ne parvenait pas à s'y adapter totalement. Je gardai un long silence. Il ignorait, et pour cause, que depuis sa première apparition je n'avais cessé de penser à lui.

— Je pourrais peut-être obtenir une heure ou deux... avançai-je prudemment. Ma patronne est très compréhensive.

Il redressa brusquement la tête. Une joie profonde illuminait son regard. Il me prit la main.

— Ce serait merveilleux !

Je ne le revis pas avant le lundi suivant. Il avait promis de m'attendre ce jour-là devant le bar, à quatorze heures. Il arriva avec un quart d'heure d'avance, un bouquet de fleurs à la main. Je n'en crus pas mes yeux...

Il me conduisit à la plage, où le soleil printanier répandait déjà ses doux rayons. Nous passâmes l'après-midi ensemble, contrairement au serment que je m'étais fait de lui accorder seulement deux heures. La conversation de Julien était inépuisable. Nous parcourûmes, ensemble, des kilomètres. Le vent soufflait dans mes cheveux, une brise un peu fraîche me donnait des frissons. C'était grisant. Julien semblait s'émerveiller de tout ; un rien déclenchait en nous des fous rires. Je compris alors le sens du mot bonheur. Être heureux, ce n'est pas seulement ne pas souffrir. C'est un état qui s'ajoute encore à la douceur du bien-être...

Au moment de me raccompagner, il me prit par la taille. Je sus que quelque chose d'unique allait se produire. Lorsqu'il chercha à m'embrasser, maladroitement, je lui offris mes lèvres.

Les jours s'écoulèrent ensuite dans une sorte d'euphorie. Chaque soir, je guettais sa venue, cherchant sa silhouette parmi les clients du bar. Ses activités ne lui permettaient malheureusement pas de se libérer aussi souvent que je l'aurais voulu. Mes nuits étaient agitées lorsqu'il ne venait pas, et plus troublées encore après l'avoir revu. Les doutes qui parfois me traversaient provoquaient en moi des terreurs nouvelles et pourtant délicieuses. Lorsque je vivais chez mes parents, mes craintes avaient quelque chose d'animal : peur d'être privée de nourriture, appréhension des coups... J'étais maintenant devenue un être humain à part entière, et découvrais dans le même temps une inquiétude bien pire, celle de perdre mon bonheur tout neuf. Après tout, n'avais-je pas suffisamment souffert ?

Il faut croire que non.

Un après-midi, alors que nous étions seuls dans l'établissement, Julien me déclara les sentiments profonds qu'il éprouvait pour moi. Je restai bouche bée, comme une imbécile, tandis qu'il me parlait de mariage, d'avenir, d'enfants.

— Tu seras la plus heureuse... Martine, si tu savais comme tu me manques lorsque je suis obligé de rester à la caserne. Une fois mariés, plus rien ne pourra nous séparer.

Ma surprise première céda à un tourbillon de reconnaissance. Il me prit dans ses bras. Un long baiser scella notre accord après que je lui eus murmuré mon consentement. Je sentis sa main trembler dans la mienne lorsqu'il ajouta :

— Garde cette promesse au fond de ton cœur. Sois prudente en attendant le grand jour. Ne parle à personne de nos projets. Les gens sont si jaloux...

Je ne revis pas Julien le lendemain, ni les jours suivants. Marie-Hélène finit par remarquer que mes traits se creusaient, et s'inquiéta de ma mauvaise humeur. Est-ce que je couvais quelque chose ? Peut-être devrais-je consulter un médecin ? Une telle sollicitude m'irritait plutôt qu'elle ne me réconfortait. J'avais honte de devoir lui cacher ma passion alors qu'elle avait tant fait pour moi. Au bout d'une semaine, j'étais devenue si ombrageuse qu'elle m'accorda une journée de repos supplémentaire. J'étais fatiguée, pensait-elle. Elle ne se doutait vraiment de rien.

Julien me laissa sans nouvelles pendant quatorze jours puis réapparut, comme par enchantement. J'étais alors dans un tel état que je crus tout d'abord à une vision. Mais c'était bien lui. J'étais prête à donner ma vie, mon âme, cent vies comme la mienne pour qu'il ne disparaisse pas. Il me fallut pourtant attendre le départ de ses amis avant de lui parler. Je remarquai alors ses traits tirés et son regard inquiet.

— J'ai des ennuis, murmura-t-il. Promets-moi de n'en parler à personne...

— A personne, Julien, je le jure. Que s'est-il passé ? J'ai cru devenir folle.

— Une sombre histoire. Je risque d'être dégradé, peut-être même traduit en justice. J'ai emprunté de l'argent à l'un de mes supérieurs et j'avais promis de le rembourser à la fin du mois. Malheureusement, c'est impossible avec ce que je gagne. Il est furieux. Il prétend que je l'ai escroqué...

Il ne me vint même pas à l'esprit de lui demander pourquoi il avait contracté une telle dette. Il avait l'air si malheureux. Et puis, nos sorts n'étaient-ils pas liés, désormais ? Sans un mot, je montai dans ma chambre récupérer la boîte où je rangeais mes économies. Je crois que j'aurais été capable de voler pour lui, et je frémis encore à l'idée qu'il aurait pu me demander de piocher dans la caisse.

— Voilà, c'est tout ce que j'ai !

Il hésita, tout d'abord, puis refusa d'un air princier.

— C'est à toi, dit-il. Je ne peux pas accepter. Je ne devrais pas te mêler à mes histoires.

Son refus me blessa. J'insistai tant qu'il finit par ouvrir la boîte. Une seconde plus tard, le résultat de six mois de labeur avait disparu dans sa poche.

— Je n'oublierai jamais ce que tu as fait pour moi, murmura-t-il. Tu verras, je te le rendrai au centuple.

— Est-ce que c'est suffisant ?

Il secoua la tête, l'air encore plus malheureux.

— En partie, oui. Avec ça, je pourrai faire patienter mon capitaine. Grâce à toi, j'échappe à la prison...

— Tu lui dois encore combien ?

Il me prit la main.

— Au moins le double !

Je lui promis d'économiser dorénavant le moindre centime.

Notre bel amour durait depuis cinq mois lorsque, une fin d'après-midi, Julien entra précipitamment dans le bar. Il était nerveux, paraissait chagriné. Il m'annonça le départ de son régiment pour Tarbes. Je reçus la nouvelle comme un coup de poignard en plein cœur.

Depuis le matin, j'avais découvert une agitation inhabituelle dans le quartier. Des dizaines de camions militaires passaient et repassaient devant le bar. En un clin d'œil, l'établissement fut rempli des cris et des rires des soldats déchaînés. Ils venaient d'apprendre leur nouvelle affectation et se faisaient fort d'arroser copieusement leur départ. Au bout d'une heure de libations, les plus modérés aidèrent à sortir leurs compagnons complètement ivres. Julien, la mine contrite, resta le dernier, comme à l'accoutumée.

— Tarbes n'est pas si loin, dit-il. Tu pourrais me rejoindre... Laisse-moi d'abord m'installer. Dans une ou deux semaines, je nous trouverai un appartement. Il faut d'abord que je demande l'autorisation au colonel, mais dès que je l'aurai obtenue, nous pourrons nous marier.

Il me demanda une boucle de mes cheveux, que je m'empressai de couper. J'y joignis, dans une enveloppe, tout l'argent que j'avais de nouveau réussi à économiser, « pour l'aider à nous installer ». Mais déjà des coups de sifflet annonçaient le rassemblement. Les camions s'étaient rangés en une longue file, deux pâtés de maisons plus loin. Julien me serra très fort contre lui, promit que j'aurais bientôt de ses nouvelles, puis s'enfuit.

Hébétée, je restai de longues minutes sans pouvoir faire un geste. Tout s'était déroulé trop vite. Puis, réalisant qu'il était parti, j'éclatai en sanglots et me ruai dehors. Le dernier camion s'ébranlait. Je vis des mains s'agiter entre les plis des bâches, des femmes qui, dans la rue, pleuraient comme moi, en courant derrière les véhicules, d'autres qui riaient, ou chantaient. C'était le grand départ. Un régiment tout entier s'était mis en mouvement. Le temps que je parvienne au bout de la rue, le camion de queue avait déjà disparu.

Alors, le cœur en loques, je retournai sur mes pas. Ce jour-là, Marie-Hélène, obligée de s'absenter, m'avait confié la responsabilité de l'établissement. Sans remords, je tirai les rideaux métalliques, comme pour marquer un deuil, montai quatre à quatre l'escalier conduisant à ma chambre et me jetai sur mon lit pour sangloter.

Le lendemain matin, ma décision était prise. J'irai à Tarbes sans plus attendre. J'étais convaincue de ne pas pouvoir survivre à l'absence de Julien. J'avais besoin d'entendre sa voix, de voir ses yeux posés sur moi.

Je me confiai enfin à Marie-Hélène qui tenta de m'en dissuader. Elle avait l'habitude des « promesses de soldats ». Celui-ci ne valait sans doute pas mieux que les autres. Elle commençait à me connaître, mais n'avait pourtant aucune idée de ma crédulité, de mon besoin d'amour. Julien n'avait jamais osé le moindre geste déplacé. Je l'en aimais d'autant plus. J'accueillis les conseils de Marie-Hélène avec froideur, et notre discussion s'acheva par une altercation. Elle me traita de sotte, d'inconsciente. C'était ma seule amie et je crois que son affection pour moi était sincère. Devant ma détermination, elle finit par céder du terrain :

— Attendez au moins qu'il vous écrive. Les hommes n'aiment pas qu'on leur coure après. Vous risquez de le gêner en débarquant à l'improviste...

C'était un sage conseil. Et puis Marie-Hélène avait besoin de moi pendant encore quelques jours, le temps de me trouver une remplaçante. La mort dans l'âme, je remis mon départ.

Et j'attendis la première lettre de Julien...

5
Le coup de poignard

Quinze jours venaient de s'écouler. J'étais toujours sans nouvelles de Julien. Son silence était une torture quotidienne, faite d'espoirs déçus après le passage du facteur ou à la vue d'une silhouette dont la démarche me rappelait la sienne, faite de nuits agitées, de pleurs, de sanglots... Je n'aurais jamais pu penser également à l'époque, qu'il ait pu me tromper, se servir de moi, ou, tout simplement, m'oublier. J'étais devenue irritable à un point qui étonnait même les clients. La présence des soldats dans le bar me semblait odieuse, et je ne supportais plus désormais la moindre plaisanterie. Je ne mangeais plus rien. Je dormais à peine. L'angoisse était en train de me faire perdre la raison.

Quelque chose avait dû se produire, qui empêchait Julien d'entrer en contact avec moi, et j'en voulais à la terre entière d'avoir provoqué son éloignement.

Je possédais maintenant assez d'argent pour le voyage : sans plus attendre, je donnai ma démission à Marie-Hélène. Celle-ci, consternée, me supplia de patienter encore. Notre dernier entretien fut déchirant. A court d'arguments, Marie-Hélène tenta de faire appel à notre amitié :

— Que vais-je devenir sans vous, Martine ? Je vous aime comme une sœur. Restez, je vous en supplie. Vous commettez une grave erreur... Je vous en prie. Faites-le pour moi !

Ma décision était, cette fois, irrévocable. J'avais oublié son indulgence, sa gentillesse, sa générosité à mon égard. Je demeurai sourde à ses conseils, insensible à ses prières, et je préparai, le jour même, mes bagages qui se réduisaient à une vieille valise cabossée dont Marie-Hélène m'avait fait présent. Nos adieux furent brefs. Je me souviens encore de son regard, embué de larmes, mais déjà distant. Elle m'accompagna sur le pas de la porte et murmura « Bonne chance » avant de m'embrasser une dernière fois.

Quelque chose en moi me disait que je ne la reverrais jamais, mais mes pensées étaient déjà loin, remplies d'un espoir insensé : j'allais avoir un foyer, des enfants, quelqu'un à chérir et à choyer.

J'allais revoir Julien.

Une déception m'attendait à Tarbes. Il me fallut un certain temps pour trouver la caserne, puis chercher quelqu'un pour me renseigner. Un camarade de Julien me reconnut et m'asséna la nouvelle : Julien était parti en mission spéciale, pour une durée indéterminée.

Sur l'instant, je sentis mes jambes chanceler. J'avais donc perdu mon emploi, déçu ma seule amie, pour rien ! L'absence de Julien, pourtant, me rassura. Elle expliquait son silence. Le choc passé, je m'en sentis soulagée. Le jeune soldat me promit d'informer Julien de ma présence dès que possible. Je captai dans ses yeux, tandis qu'il me parlait avec douceur, une étrange lueur que, sur l'instant, je n'arrivai pas à interpréter. En y songeant, maintenant, je sais que j'aurais dû me méfier.

La sonnerie du clairon nous sépara. Il était dix-sept heures. Il ne me restait plus qu'à trouver un emploi et une chambre où loger en attendant le retour de Julien. En mission spéciale ! Julien était vraiment quelqu'un d'important !

La chance, cette fois, semblait vouloir me sourire. Le soir même, je fus embauchée par un marchand forain. Il m'offrait nourriture et logement, plus de bons gages en perspective.

— Faudra bosser, me prévint-il. Ce boulot, c'est pas un truc pour les fainéants !

— Le travail ne me fait pas peur, répondis-je.

Il partit d'un grand éclat de rire puis demanda à sa femme de me montrer ma chambre.

Cette nuit-là, pour la première fois depuis des semaines, je plongeai dans un sommeil serein, peuplé de rêves aussi naïfs que réconfortants.

Mon travail s'avéra éreintant.

Il fallait monter l'étalage à cinq heures du matin, quel que soit le temps, ensuite vendre de la mercerie jusqu'à huit heures du soir, sur les marchés à ciel ouvert. Le forain me remplaçait pour une courte pose, vers midi, quand sa femme apportait le repas, heureusement souvent copieux. A huit heures, donc, il fallait ranger la marchandise et démonter le matériel, et je me retrouvais rarement chez moi avant dix ou onze heures du soir. Épuisée.

J'avais été habituée à l'esclavage. Par conséquent, cette vie laborieuse ne me rebutait pas. Rapidement, je gagnai la confiance de mes employeurs, qui, de plus en plus souvent, me laissèrent la responsabilité du stand, pour ma plus grande fierté. Et puis il y avait Julien, que j'espérais bientôt revoir. Cette seule pensée m'aidait à tenir, même lorsque mon corps tout entier me faisait mal à force de rester debout, de porter des caisses, de soulever les lourds piquets, de déplier et de plier les bâches et de tirer les cordages... L'amour de Julien me semblait plus important que ma propre vie.

Un jour, son camarade me rendit visite. Je crus, tout d'abord, à un hasard : le marché où je tenais le stand n'était-il pas un lieu de grand passage ? Il me détrompa aussitôt avant de m'annoncer qu'il avait des nouvelles de mon amoureux. Mon cœur s'emballa, tandis qu'il m'expliquait que Julien avait brièvement reparu à la caserne avant de partir pour une nouvelle mission. C'était tout ce qu'il savait. Il me promit de revenir bientôt, ce qu'il fit.

Dès lors, je le vis souvent. Toujours aimable et souriant, confident empressé. Je pouvais enfin parler de Julien à quelqu'un, et je ne m'en privai pas. De lui-même, il m'interrogeait sur mes activités, le salaire que j'en retirais, la vie que je menais... Jusqu'au jour où je lui confiai mes inquiétudes.

Le silence persistant de Julien m'intriguait. Près de cinq semaines s'étaient écoulées depuis son départ de Bordeaux pour Tarbes.

— Je ne comprends pas, lui dis-je. Êtes-vous sûr que vous ne me cachez rien ?

Bien vite, je regrettai ma maladresse. Le garçon parut déçu et prit prétexte de ma méfiance pour s'éloigner sur-le-champ, l'air froissé. Je ne le revis à aucun moment. Désormais la solitude m'environnait de toutes parts. Je n'avais plus personne à qui parler, à qui me confier.

Dans mon réduit aux odeurs de camphre, il m'arrivait souvent de penser à la petite Dominique, à Marie-Hélène, si douce et si belle, à ma chambre là-bas, qui, par comparaison avec le logement des forains, évoquait pour moi un vrai palais. Mes soirées solitaires étaient longues et ennuyeuses lorsque l'épuisement ne m'emportait pas dans un sommeil agité où le fantôme de Julien, dont les traits s'estompaient déjà dans ma mémoire, était ma seule compagnie. Parfois, je me réveillais en sursaut, couverte de sueur, déchirée par le remords. Marie-Hélène avait besoin de moi, et je l'avais laissée tomber. Il semblait que, livrée à moi-même, je sois incapable d'une seule action sensée. Mais comment maîtriser son destin sans rien avoir appris de l'existence ? Mes pensées s'envolaient alors vers mes parents et tout ce qu'ils m'avaient fait subir. En pleine nuit, je me redressais sur ma couche, les poings serrés, les ongles enfoncés dans mes paumes, jusqu'à ce que mes ressentiments s'estompent, relayés par l'espoir qui me faisait vivre : la certitude que j'avais de revoir Julien et d'être aimée de lui.

Les journées s'écoulaient, monotones, toutes semblables. Tarbes était une petite bourgade calme et souvent ensoleillée. A passer mon temps ainsi, debout au grand air, ma silhouette s'était affinée et j'avais gagné quelques couleurs qui parvenaient à masquer ma fatigue, mes traits tirés de trop de nuits agitées.

Les trois robes que j'avais emportées commençaient à s'user, mais rien au monde ne m'aurait fait entamer mes économies destinées à me composer un trousseau. L'été s'acheva. Puis l'automne. Ni la solitude ni le temps n'avaient vraiment entamé mon espoir.

Il pleuvait, ce jour-là. Je venais de servir une vieille dame grincheuse, qui m'avait presque fait perdre mon sang-froid, à me faire mesurer et mesurer encore quelques bouts de dentelle dont finalement elle n'avait pas voulu. Je rangeai les échantillons puis levai la tête, encore sous le poids de l'exaspération... « Ma raison de vivre » était là.

Julien me souriait et je ne parvenais pas à croire que c'était bien lui. Il avait maigri, mais cela lui allait bien. Il était encore plus beau que dans mon souvenir. Dès ses premières paroles, je sus que j'avais eu raison de l'attendre, de croire en lui. La passion m'enflammait. Le monde, autour de nous, avait cessé d'exister.

— Pardonne-moi d'avoir été si long, dit-il. La vie, à la caserne, est un enfer. Je n'ai eu qu'une seule permission depuis la dernière fois que nous nous sommes vus, mais j'étais si loin d'ici.

Je demeurai pantelante, prête à tout avaler. Julien était devant moi. Son retour était la seule chose que j'attendais de lui, qui me passionnait.

Il m'annonça qu'il bénéficiait d'un congé exceptionnel, très bref hélas, pour demander ma main, avant de repartir en mission. Il avait obtenu ces quelques heures en parlant de moi à son capitaine qui approuvait notre union.

— J'ai retenu la date de notre mariage à Toulouse, où je suis muté définitivement. Dans un mois, jour pour jour, nous serons mari et femme.

La gorge nouée, j'étais incapable de proférer la moindre parole. J'acquiesçai stupidement d'un signe de tête, submergée de bonheur. Il poursuivit, sur un ton solennel, en sortant un étui de sa poche :

— Et voici la clé de l'appartement que j'ai trouvé pour y abriter notre amour !

C'était trop de joie pour moi. Mon cœur battait à tout rompre. Je sentis des larmes glisser sur mon visage et Julien secoua la tête, l'air à la fois peiné et heureux de me voir dans un tel état. Lorsque je lui demandai s'il viendrait me chercher. Il répondit que cela lui était impossible.

— Nous nous retrouverons le 22 décembre, à la gare de Toulouse.

Il avait encore tant de démarches à accomplir avant notre union, tant d'achats à effectuer pour l'installation de notre appartement... Aussi ne trouvai-je rien à redire lorsqu'il sollicita, après une longue hésitation, mon aide pécuniaire, pour accélérer le mouvement. J'étais fière, au contraire, qu'il me demandât de participer à l'aménagement de notre nid. Prisonnière de ma passion, je lui remis aussitôt mes économies : une somme, tout compte fait, rondelette, durement gagnée à raison de quinze heures de travail par jour, pendant de si longs mois. Mais n'avais-je pas destiné tous mes gains à cet événement heureux ? Je laissai enfin voguer mon imagination vers ce qui n'était plus un rêve : un foyer, des enfants, un univers à moi !

Le temps passa trop vite. Julien devait déjà repartir. Il me prit les mains, les serra fortement.

— Je ne t'oublierai jamais, me dit-il d'une voix étranglée.

Cette phrase n'aurait-elle pas dû éveiller en moi quelques soupçons ? Comment pourrait-il m'oublier, alors que dans un mois nous serions mariés ? Il fallait que je fusse aveugle, sourde et dépourvue de raisonnement.

J'arrivai à Toulouse en fin de journée le 22 décembre, comme prévu. Le marchand forain, à qui j'avais donné mon congé, était déçu de perdre « sa brute » comme il m'appelait pour plaisanter. Non sans raison, d'ailleurs... C'est un fait que je me tuais à la tâche et qu'aucun effort ne me rebutait. Je n'avais, en un mot, rien de féminin pendant mon travail. Mais à qui la faute ?

L'argent gagné depuis le passage de Julien servit à acheter, outre mon billet de chemin de fer, la plus belle robe de mariée que je trouvai : je me devais de faire honneur à mon époux. J'étais donc, de nouveau, sans le sou. Mais de quoi pourrais-je avoir besoin puisque, bientôt, je serais prise en charge, choyée, comblée ?

Le trajet, pourtant bref, m'avait paru interminable. S'il pleuvait à Tarbes, il neigeait à Toulouse. De jolis flocons voletaient, tourbillonnaient, parfois emportés par de soudaines bourrasques, avant de se poser ici ou là. J'attendais, fébrile, sur un banc, dans le hall de la gare, avec, pour seul bagage, le volumineux paquet de ma robe. Julien serait tellement heureux en la voyant !

Je m'imaginais déjà, devant le maire, le curé, murmurant « Oui » d'une voix tremblante, et je voyais ma vie, épouse d'un sous-officier... Une heure passa. Puis deux. La nuit tomba. Julien n'était toujours pas arrivé.

Je me rassurai, pensant que ses occupations le retardaient. Il avait tant à faire ! Lorsque, vers onze heures, le dernier train repartit, un employé me demanda de bien vouloir quitter le hall, car la gare allait fermer. Je sortis et m'installai sur un banc, dans la neige et le vent, ma robe de mariée serrée contre moi.

Il neigea toute la nuit. A l'aube, tout était blanc. Je ne sentais plus mes mains ni mes pieds. M'étais-je trompée de date ? Julien avait-il eu un empêchement de dernière minute ? Une nuit sans abri, me rassurais-je, était un faible prix à payer, comparé au bonheur qui m'attendait. Je regagnai le hall, pris place tout près de l'unique appareil de chauffage, et continuai d'attendre celui dont l'arrivée imminente ne faisait aucun doute pour moi.

Le chef de gare, intrigué de me voir de nouveau là, m'interrogea depuis son guichet :

— Vous avez raté votre train, hier, mademoiselle ?

Je secouai la tête d'une manière négative, indifférente à son regard amusé.

— Qu'attendez-vous donc ?

Puis, avisant le paquet qui dégoulinait à côté de moi, il continua :

— Vous... vous avez passé la nuit dehors ?

Je fis oui de la tête, et je lui expliquai que j'attendais mon fiancé. En quelques mots, je résumai la situation qui m'avait conduite là. J'étais trempée jusqu'aux os, mais tout allait bien. Julien ne tarderait plus maintenant...

L'homme ouvrit grand la bouche, sans doute atterré qu'une jeune fille pût se mettre dans un tel état. Il désigna aimablement le téléphone accroché au mur près de lui.

— Pourquoi ne pas l'appeler ? Il a peut-être un empêchement ?

— Non, merci monsieur. Je préfère l'attendre, répliquai-je.

Je n'osais pas lui dire que je n'avais jamais, de ma vie, touché à un téléphone. Ni que je ne savais pas comment joindre Julien. Je me redressai, ma robe de mariée toujours serrée contre moi, et je me mêlai aux voyageurs qui, de plus en plus nombreux, attendaient le premier train. Je me mis à faire les cent pas, comme eux, pour me fondre dans la foule. Un haut-parleur annonça le départ pour Paris. Le hall se vida. J'étais de nouveau seule. Le chef de gare m'interpella.

— Mademoiselle, entrez dans mon bureau. Vous n'allez tout de même pas passer la journée à l'attendre. C'est ridicule, voyons. Je vais vous le faire venir, votre fiancé. Quel est son numéro ? Ou donnez-moi son nom, son affectation, je vais le retrouver...

Son empressement me surprit. Je ne lui avais rien demandé. Avait-il hâte de me voir partir ? Pourquoi ne s'occupait-il pas de ses affaires ?

— Alors ? insista-t-il.

Un peu sèchement, je lui expliquai que je n'avais aucun moyen de joindre Julien. Il s'étonna. Devant son insistance, je finis par lui confier que mon fiancé était en mission spéciale. Je savais seulement qu'il était muté à Toulouse, après avoir passé plusieurs mois à Tarbes, mais je n'avais aucune idée du lieu de sa nouvelle affectation. Le chef de gare ne m'écoutait déjà plus. Il décrocha le téléphone.

— Passez-moi l'officier de service, dit-il après quelques instants.

S'ensuivit un long conciliabule, dont je saisis quelques bribes, le cœur battant.

— Oui... Un sergent... Julien... C'est ça... Bordeaux, puis Tarbes...

Il se redressa soudain, le visage grave, raccrocha brutalement le combiné.

— Le connaissez-vous vraiment ? me demanda-t-il.

Je haussai les épaules, insistant sur le fait que Julien était mon fiancé. Il semblait ne pas comprendre. Il secoua la tête, se racla la gorge, retourna au téléphone. J'étais figée par la stupeur. Il passa encore plusieurs appels, interrompu par les voyageurs qui venaient prendre leurs billets au guichet. A la fin de sa petite enquête, la colère empourprait son visage. Il m'invita à m'asseoir avant de répéter d'un ton très doux :

— Mon pauvre petit, mon pauvre petit !

Il s'approcha et posa les mains sur mes épaules, l'air sincèrement attristé.

— Je crains que votre Julien ne vienne pas !

Je sentis mon sang se glacer.

— Un accident ? m'exclamai-je, nouée par l'angoisse. Il lui est arrivé quelque chose ?

— Non, dit-il gravement.

Son regard se fit pensif, lorsqu'il ajouta, comme pour lui-même :

— Et un sous-officier ! C'est honteux...

Julien n'avait donc pas eu d'accident. Rien d'autre ne comptait pour moi. J'entendis à peine le chef de gare lorsqu'il me demanda :

— Avez-vous de la famille à Toulouse ? Quelqu'un chez qui aller ?

De quoi se mêlait-il, à la fin ? J'éludai sa question d'un geste vif. S'il n'était pas capable de me dire l'heure d'arrivée de Julien, pourquoi perdait-il son temps avec moi ? Le bonhomme comprit que je ne le suivais pas. Il prit le ton doucereux d'un instituteur s'adressant à un élève un peu borné :

— Vous savez où il est votre Julien, pendant que vous l'attendez, sous la neige, au risque d'attraper une congestion ?

Je haussai les épaules, agacée.

— Écoutez-moi, mademoiselle... Je suis désolé de devoir vous l'apprendre. Cette affaire est scandaleuse. Mais puisque vous semblez ne pas vouloir comprendre... Votre Julien était encore à Bordeaux lorsqu'il s'est rendu à Tarbes pour demander sa mutation définitive en Algérie. Vous en a-t-il parlé à son retour ?

Je ne sus que répondre. Julien avait effectivement été absent de Bordeaux pendant deux semaines. Un doute affreux s'insinuait dans mon esprit, que je rejetai aussitôt, furieuse d'être obligée d'écouter ce vieux radoteur.

— Depuis ce jour, poursuivit-il, votre Julien connaissait la date de son embarquement à Marseille : le 24 novembre, à minuit. Il est venu vous voir à Tarbes le 23, m'avez-vous dit ?

— Oui. Pour me demander en mariage, répliquai-je d'un ton que je croyais sans réplique. Il m'a même montré la clé de notre appartement à Toulouse.

— Et il ne vous a rien demandé d'autre ?

Le chef de gare s'était penché, son regard vrillé dans le mien, comme s'il voulait sonder le gouffre de ma stupidité, à la recherche d'une lueur de bon sens. « ... Rien demandé d'autre ? » Je ne répondis pas. Je pensai à l'argent que je lui avais confié. Toutes mes économies. Six mois de travail dans le bar de Marie-Hélène. Huit mois sur le stand du forain. Une douleur sourde m'envahit, s'installa dans mon cœur, se fit aiguë. Un instant j'en eus le souffle coupé, mais, non, je n'admettais pas encore l'évidence.

— C'est honteux ! hurla l'homme, en cognant du poing sur son bureau. Honteux, vous m'entendez !

Une voix, au fond de moi, hurlait plus fort que lui. Il s'agissait certainement d'une erreur. Il ne pouvait s'agir de Julien. Le chef de gare, ce monstre, se moquait de moi, s'abreuvait de ma souffrance. Il avait inventé cette histoire de toutes pièces. Julien allait venir. Lui, saurait me venger...

La sonnerie du téléphone interrompit le cours de mes pensées. Le chef de gare décrocha.

— Ce garçon est un salopard, dit-il. J'espère que vous transmettrez cette information à ses chefs, en Algérie !

Il se tourna vers moi, murmura de nouveau :

— Mon pauvre petit...

Julien s'était bien embarqué pour Oran, le 24 novembre à minuit... Avec toutes mes économies !

Je ne voulais pas en entendre davantage. Je me levai comme un automate, quittai le bureau, traversai le hall jusqu'à la porte de sortie.

— Avez-vous besoin d'aide, mademoiselle ?

De la tête, je fis non, en m'éloignant. J'avais besoin de me retrouver seule, de faire le point, d'éclaircir mes idées. Je n'avais pas dormi de la nuit. J'étais transie. Tout cela n'était qu'un mauvais rêve. Julien allait arriver. J'entendais sa voix, ses promesses. « Mari et femme... » Je voyais la clé de notre appartement... Il était là. Il me tendait les bras...

— Vous en êtes sûre ? insista le chef de gare, en posant la main sur mon bras.

Son contact me fit sursauter. Je lâchai le paquet qui contenait ma robe de mariée. Le papier, détrempé, se déchira en tombant à mes pieds, livrant le triste spectacle de la dentelle souillée par l'humidité.

6
L'épave

Je passai la nuit suivante tapie dans les broussailles du talus qui séparait la route de la voie de chemin de fer. De ma tanière, je pouvais voir les allées et venues devant la gare, sans crainte d'être repérée. Étrange pudeur. Ma raison vacillait et pourtant je serais morte de honte d'avoir à m'expliquer. Qui aurait pû comprendre ? J'avais déjà passé la nuit entière à guetter Julien et j'étais prête à affronter le froid et l'immobilité jusqu'à mes dernières forces tant que je ne l'aurais pas revu.

Julien, me répétais-je sans cesse, allait tout arranger. Le chef de gare s'était trompé. Julien était incapable d'une telle abjection. D'ailleurs, ne m'avait-il pas promis le bonheur avant la fin de cette année 1946 ? N'avait-il pas promis d'acheter nos meubles avec l'argent que je lui avais donné ? Ne m'avait-il pas montré la clé de notre appartement ? Pourquoi m'aurait-il menti ? Tout était ma faute. Il m'avait pourtant conseillé de garder le secret ! J'avais parlé. Peut-être même l'avais-je mis en difficulté... J'avais honte, surtout, d'avoir prêté foi à ces odieuses calomnies.

La neige ne tombait plus, et un croissant de lune baignait le paysage d'une lueur blafarde. Le froid autant que la peur m'engourdissaient, et je ne sentais plus mon corps. La faim me tenaillait, mais j'étais sourde aux gémissements de mon estomac.

Trois heures du matin venaient de sonner au clocher d'une église, lorsque j'aperçus deux faisceaux de phares dans le lointain. Je bondis sur mes jambes. Je faillis tomber car le sol était terriblement glissant et mes muscles avaient peine à me porter. Ce ne pouvait être que Julien ! Les routes étaient souvent désertes en ce temps-là. Le véhicule se rapprochait. Mon cœur battit à tout rompre lorsque je reconnus la forme d'un camion militaire. Il franchit la voie puis se rangea près du talus où je me trouvais. Plus de doute, Julien venait me chercher ! Je faillis crier, mais je ne le fis pas, freinée par je ne sais quelle pudeur — ou peut-être par instinct. Ne pas me montrer. Pas avant d'être sûre... La portière du camion s'ouvrit, une silhouette en sortit. Je retins ma respiration, l'homme était en uniforme. La même démarche, la même façon de porter son béret, légèrement incliné sur sa tête... Je m'apprêtai à l'appeler, à courir au-devant de lui, mais le visage du soldat accrocha une lueur... Mon cri d'allégresse se transforma en gémissement d'amertume. La lune venait de dévoiler un parfait inconnu.

Il aurait suffi au soldat de lever la tête pour me voir. Il s'arrêta à une dizaine de mètres de moi, se soulagea, le regard rivé au sol. Après un rot sonore, il s'éloigna en sifflotant. A mi-chemin du camion, il s'étira en bâillant, sortit une cigarette qu'il alluma, les mains en coupe-vent, avant de se remettre à siffloter.

La peur que m'inspirait sa présence avait presque dissipé ma tristesse. J'étais seule, trop faible pour me défendre. Personne, à la ronde, pour entendre mes cris, si jamais... Lentement, je me laissai glisser dans les buissons couverts de givre, prenant garde à ne faire aucun bruit. A intervalles réguliers, je voyais rougir le bout incandescent de sa cigarette. Il s'en débarrassa enfin d'une pichenette puis retourna vers le camion.

Quelques minutes plus tard, le véhicule n'était plus que deux lumières rouges vacillantes dans le lointain.

Alors, seulement, je compris que Julien ne viendrait plus. Mon rêve s'était envolé avec cet inconnu qui m'avait terrifié. La peur du danger avait réveillé ma conscience. Je réalisais enfin ma bévue.

De cet instant, à part quelques bruissements, trahissant la vie nocturne des campagnols, des surmulots dans la végétation desséchée par le vent et le froid de l'hiver, plus rien ne troubla le silence de ma triste nuit.

Il faisait jour. C'était une de ces froides matinées d'hiver qui donnent envie de prolonger le sommeil. Je devais me rendre à l'évidence : Julien s'était bel et bien moqué de moi.

L'homme que j'idéalisais, qui représentait pour moi le changement, l'espoir d'une vie meilleure, la foi dans la miséricorde, qui devait me faire oublier le passé, combler le vide d'une enfance sans amour, m'avait trahie. Pire, il m'avait fait croire à la sincérité de ses sentiments dans le seul but, mesquin, ignoble, de s'emparer de mes économies.

La gare, à mes pieds, s'éveillait lentement. Le grondement furieux d'un express m'arracha à ma léthargie. Il fallait que je bouge, mes mains et mes pieds étaient à moitié gelés. La neige avait complètement fondu. Par chance ou malchance, la température s'était quelque peu adoucie, sinon je serais sans doute morte à cette heure-ci. J'en vins de nouveau à maudire mes parents, qui m'avaient entraînée au malheur et donné une telle robustesse. D'autres, plus faibles, auraient probablement déjà été emportés par la fièvre, se seraient endormis là, auraient tout oublié !

Le soleil, enfin, se leva, brassées de roses dans un camaïeu de mauves et de gris. C'était ravissant. La beauté sereine du paysage raviva mes dernières forces. Bouger. Me lever. Manger. Ne plus penser à rien... et surtout trouver du travail pour tout recommencer.

Nous étions le 24 décembre, date sans signification pour moi : mes parents se référaient plus souvent au père Fouettard qu'au père Noël. La nuit sainte n'était pour eux que l'occasion d'interminables sermons. Celle-ci serait désormais à marquer d'une pierre noire. Triste anniversaire que celui d'une trahison !

Quelques pièces de monnaie, qui avaient par miracle échappé à ma stupidité, allaient me permettre d'acheter un peu de pain pour me restaurer avant de reprendre la route, recommencer le porte à porte. Toulouse, la ville rose, était une étrangère. Et moi, errante égarée entre ses murs de brique, j'allais la conquérir !

Cependant, comme un an plus tôt à Bordeaux, mon triste état n'inspirait pas confiance. Les Toulousains s'apprêtaient à fêter dignement Noël, et les portes auxquelles je frappai se refermèrent aussitôt. De nouveau, on m'appela « ma fille ». De nouveau, on me toisa de la tête aux pieds, la mine dégoûtée. Je parcourus ainsi des dizaines de rues, frappant ici ou là selon l'inspiration, parfois — mais rarement — guidée par des pancartes d'offre d'emploi. Ma détermination de ne pas céder au chagrin fondit au dixième refus.

— Quelles sont vos références, ma fille ?... Désolé, la place est déjà prise !

Je repris ma route, titubant comme une vieille femme ivre, incapable de contenir mes larmes plus longtemps. Quel spectacle dus-je alors offrir à tous ces gens qui daignèrent ouvrir leur porte, interrompant leurs préparatifs de fête ! Mes pleurs étaient intarissables. Je hoquetais, je suppliais. On dut me prendre pour une malade. Vingt portes claquèrent encore. Il était près de dix heures du soir.

Dans l'incapacité de trouver du travail chez les particuliers, je décidai de tenter ma chance dans les débits de boissons, malgré la promesse que je m'étais faite de ne plus les fréquenter. Les établissements étaient bondés. Partout, des rires, des chansons, la chaleur et des odeurs alléchantes qui torturaient mes sens, me faisaient venir l'eau à la bouche.

— Du travail, monsieur, madame, s'il vous plaît ! Je cherche du travail...

Chaque fois, ma présence déclenchait l'hilarité des clients, attablés pour célébrer la paix dans le monde, la charité, et la naissance de celui qu'ils appelaient leur Sauveur... A croire qu'un être n'était humain, dans leur esprit, qu'élégamment vêtu et bien pourvu, et qu'en matière de charité, tout allait bien, puisqu'ils étaient servis.

Dans une brasserie, plusieurs joyeux fêtards s'étranglèrent de rire lorsque le patron, un petit gros rubicond, me rétorqua avec son accent chantant :

— Écoute, ma fille, j'ai assez de ma femme qui me fait la gueule. Reviens me voir quand on pourra rigoler tous les deux ! Veux-tu ?

Il accompagna sa phrase d'un clin d'œil égrillard puis me claqua les fesses avant de me pousser vers la sortie.

J'ignorais encore qu'il pouvait exister des degrés dans la souffrance. J'ouvris la bouche et mes yeux s'écarquillèrent devant le battant qui venait de claquer. La douleur, tapie au fond de mon cœur, resurgit, plus forte que la veille. Ce n'était plus cette impression d'irréalité, cette semi-torpeur anesthésiante, cette souffrance lancinante mais dominée par un instinct plus fort, plus profond : la volonté de survivre. Cette fois le mal était cru, acide comme une plaie à vif, un mal qui soudain envahit le corps, envoie ses signaux de détresse, enserre le cœur et l'esprit, oblige à ne penser qu'à lui.

Je dormis, cette nuit-là, sur un banc. A minuit, il se remit à neiger. C'était Noël.

Huit jours s'étaient écoulés, sans que rien ne vienne apporter le moindre changement à ma situation. J'avais élu domicile sur un banc, place du Capitole. Je m'étais fait de nouveaux compagnons, des clochards. En cette période « sainte », les restaurateurs se sentaient dans l'obligation de venir en aide aux plus défavorisés. Chaque soir, aux alentours de dix heures, les miséreux de Toulouse se retrouvaient dans une ruelle où les attendaient, mélangés au fond d'une poubelle, les déchets de viandes, desserts, poissons ou plats en sauce dont les clients n'avaient pas voulu.

Le reste de l'année, on laissait ça aux chiens. Entre Noël et le Nouvel An, c'était pour nous !

En huit jours, j'avais appris à me battre. Plus jeune et plus alerte que la plupart de mes compagnons, j'étais souvent la première à me ruer, à disputer les plus beaux morceaux : une fois un fruit, une autre fois un steak calciné, et même, trois nuits après Noël, un gros gâteau écrasé qui me laissa dans la gorge un goût de hareng.

J'étais lasse. Ma jeunesse roulait dans le ruisseau, entraînée par la fonte des neiges, parmi les détritus.

Les clochards s'étaient habitués à moi et à mes pleurs, même si je ne parlais pas beaucoup. Je faisais désormais partie du paysage. Une sans-abri, une sans-amour, comme eux. Nous étions frères de misère, le cœur vide à force d'avoir donné et jamais rien reçu en retour. Ils me surnommèrent « la fontaine Wallace ». Eux, avaient tari leurs larmes depuis longtemps.

L'un des clochards, un père tranquille, bien droit sous sa houppelande de drap bleu fané, vint me rejoindre un matin, sur le banc où je grelottais et pleurais comme d'habitude. Il m'observait depuis longtemps et posa une bouteille de vin entre nous. Son regard chercha le mien.

— Ne chiale pas comme ça, dit-il. Tu me fais mal... Écoute-moi, plutôt...

Sa voix était chaude, bien qu'un peu éraillée. Il s'exprimait presque avec distinction, malgré quelques mots d'argot. Je reniflai, puis maîtrisai mes sanglots.

— Les autres m'appellent le philosophe. Tu as dû remarquer ça, on a tous des surnoms dans la « famille »... Ils croient que je suis heureux. C'est vrai que je suis un vieux bonhomme... On ne survit pas longtemps, dans ma condition, si on ne sait pas rire de temps en temps. Tu crois que ta vie est foutue ? C'est sur toi-même que tu pleures ? Il y a plus malheureux que toi. Je vais te raconter...

Je n'étais pas mécontente d'écouter le vieillard. Le malheur des autres est souvent un antidote à sa propre misère. Mon clochard bienveillant méritait son surnom de philosophe, puisqu'il avait compris cela. Sa voix, un peu rauque, me berça :

— J'avais la cinquantaine. Moi qui te parle, j'étais quelqu'un : je possédais une librairie. Un jour, le démon a frappé à ma porte, sous les traits d'une femme. La plus belle que j'avais jamais vue ! Jeune, les cheveux bouclés, des dents étincelantes... J'étais veuf, elle avait à peine trente ans, et moi je glissais déjà sur la mauvaise pente. Elle voulait acheter un livre, je le lui ai offert, et elle est restée... On appelle ça le démon de midi. J'aurais tout donné pour elle, et d'ailleurs c'est ce que j'ai fait. Ma petite boutique marchait plutôt bien, mais au bout de quelques mois ça ne lui suffisait plus. Je me suis endetté pour lui acheter des robes, j'ai truqué mes comptes pour qu'elle ait une maison, j'ai pris un employé pour avoir du temps à lui consacrer. Un jour, j'avais tellement pressé la poire, qu'elle n'avait plus de jus. Alors elle est partie...

Il s'interrompit, le regard perdu dans son passé. J'avais le souffle court. Son histoire ressemblait vaguement à la mienne.

— Elle est partie, reprit-il, alors j'ai commencé à boire. Mes fournisseurs m'ont attaqué en justice. Mon employé m'a quitté. J'ai perdu ma boutique. La maison était à son nom, à elle, et un autre avait pris ma place. Ils m'ont chassé. J'ai voulu les tuer et j'ai failli réussir. Bon Dieu, si seulement... !

Son débit, monocorde au début, se faisait haletant. J'étais captivée.

— Mais j'avais cinquante balais, le jules était plus fort, plus jeune... Ils m'ont fait mettre en prison. Six mois plus tard, le juge m'a relâché. Je n'avais plus rien. Plus de toit, plus d'amis... à part celle-là, ma fiancée fidèle, qui me tue de l'intérieur. (Il tapota la bouteille à côté de lui.) Mais c'est pas grave, elle prend son temps ! J'ai quitté ma ville, et me voilà. Vingt ans que ça dure. Eh oui, j'ai soixante-dix ans, aujourd'hui. J'étais « monsieur le libraire » et maintenant, je suis « le philosophe »...

Il posa familièrement le bras sur mon épaule et j'eus un mouvement de recul. Il sentait mauvais. Sa voix, soudain, s'enfla :

— Mais toi, bon Dieu, tu es en pleine jeunesse ! On dirait que tu as déjà renoncé... Prends ta vie à bras-le-corps, redresse la tête, souris et dissimule ton chagrin ! Sinon, tu n'as pas fini de pleurer. Lorsque tu souffres un peu trop, penche-toi sur la douleur des autres. Pense au vieux philosophe et demande-toi comment il trouvait encore le moyen de rire !

Il se leva brusquement, récupéra sa bouteille et m'adressa un clin d'œil.

— Fin de la leçon pour aujourd'hui, ma belle. Parler me donne soif.

Il but une longue gorgée au goulot, avant de s'éloigner, silhouette frêle et titubante, qui disparut dans une ruelle, la bouteille, dans la poche de sa houppelande, battant ses jambes au rythme de ses pas.

Ses paroles m'avaient aidée sur le moment, mais leur effet s'estompa bien vite. Je n'avais plus la force de lutter. L'Armée du Salut offrait un grand dîner pour fêter le Nouvel An, mais je n'avais pas voulu y aller. La place du Capitole et la ville tout entière étaient à moi, théâtre sans spectateur d'un malheur qui n'intéressait personne.

Les restaurants, tout près, étaient pleins de fêtards, dont j'apercevais les chapeaux multicolores. Tels des feux d'artifice tirés derrière les glaces couvertes de buée, les serpentins, confettis et autres accessoires de cotillons volaient au milieu des cris, des notes d'accordéon, des rires et des chansons. Une voiture, parfois, klaxonnait en roulant à tombeau ouvert. Chacun saluait à sa manière la fin de cette première année de paix.

La neige s'était remise à tomber, recouvrant d'un fin manteau les branches des arbres et ma silhouette sur le banc que je refusais de quitter. Soudain, des hurlements de joie, des pétards qui éclatent, des bouchons qui sautent : il était minuit, l'An Nouveau venait de naître, porteur d'espoir pour certains, pour d'autres de bonnes résolutions qui, souvent, ne seraient pas tenues.

Je pris la mienne. Ferme. Définitive.

Dix jours que je traînais mon infortune, de gare en talus, de rue en avenue, de bourgeois en commerçant, sans résultat d'aucune sorte. J'étais devenue une épave. Je n'en pouvais plus de disputer ma nourriture aux clochards, de dormir sur un lit de pierre dans la promiscuité. Je n'en pouvais plus de souffrir. J'étais maudite. Alors... !

Ma robe de mariée, qui ne m'avait jamais quittée, était devenue un paquet informe, détrempé, lourd à porter. Je l'abandonnai sur le banc et rassemblai mon courage pour chercher un endroit où me cacher. Une porte condamnée, masquée par un monceau de détritus, me parut l'endroit idéal.

Je me laissai glisser à terre sous le porche, prenant soin de me faire toute petite, puis je retirai mes chaussures et, presque avec volupté, j'enfonçai mes pieds dans la neige. Quelqu'un ne m'avait-il pas dit un jour que le froid est la plus douce des morts ? Il s'installait en vous, comme un compagnon pressant, d'abord un peu rude, puis enveloppant, doux enfin, pour vous entraîner vers la torpeur, dans l'euphorie, le rêve... Il vous prenait par la main et vous arrachait à cet univers de glace.

M'endormir. Vite. Connaître un monde meilleur. Aucun ne pouvait être pire que celui-ci.

Je ne trouvais même plus de larmes pour cette vie que j'allais quitter...

7
La « divine » providence

Je me réveillai dans une petite pièce d'une blancheur laiteuse. Les murs, nus, étaient peints à la chaux. Une fenêtre garnie de barreaux, à peine plus large qu'une meurtrière, permettait à la lumière du jour de s'infiltrer. A genoux, au pied de mon lit, une religieuse égrenait un chapelet, les mains jointes pour la prière. Je remarquai, tout d'abord, qu'elle n'était pas franciscaine. Puis je réalisai : j'étais vivante !

J'éclatai en sanglots.

La sœur se leva précipitamment et se pencha sur moi. Une main posée sur mon front, elle me sourit, murmura :

— Là... là... Vous êtes à l'abri. Tout va bien, maintenant...

Mes sanglots redoublèrent. Non, je n'étais pas à l'abri, puisque j'étais encore en vie ! Non, tout n'allait pas bien, puisque j'avais échoué ! Son visage ovale aux traits grossiers m'apparaissait tout brouillé à travers mes larmes. Elle caressa mes joues, remonta une mèche de mes cheveux, tout en répétant : « Là... là... voyons... voyons » jusqu'à ce que je fusse calmée. Elle m'apprit ensuite, d'une voix très douce, que j'avais dormi pendant vingt heures.

— Presque le tour du cadran ! s'exclama-t-elle. Fallait-il que vous soyez fatiguée ! Mais vous étiez dans un tel état quand on vous a retrouvée...

Je balbutiai des remerciements sans conviction. Je n'étais même pas curieuse de savoir par quel maléfice j'avais échappé à la mort, ni qui m'avait conduite ici. Je fermai les yeux. J'étais dans un tiède cocon et mon corps affaibli se contentait de ces sensations oubliées : chaleur, douceur, senteur fraîche.

— Pas même une engelure..., entendis-je dans une semi-torpeur. Incroyable... Elle s'est assoupie... Le docteur va arriver.

Puis, sans m'en rendre compte, je replongeai dans le sommeil.

J'ouvris les yeux, cette fois pour découvrir une femme entre deux âges, au port altier, extrêmement digne, entourée de plusieurs religieuses qui se disposèrent autour du lit en me voyant bouger. Je quittai ma bienheureuse léthargie, pour me retrouver aussitôt envahie par un sentiment de culpabilité. Le suicide n'est-il pas un crime au regard de la religion ? J'attendis leur jugement, tandis qu'elles m'observaient en silence. C'était idiot : comment auraient-elles pu savoir que j'avais tenté de mettre fin à mes jours ? Pour les religieuses, j'étais une victime de la misère et du froid, que Dieu avait choisi de sauver, dans Sa mansuétude...

La voix chaude et grave de la mère supérieure rompit le silence :

— Mon enfant... Ma pauvre enfant... Le Seigneur vous a donné un fardeau bien lourd à porter. Mais il se penche toujours sur Ses créatures lorsqu'elles font appel à Lui. D'abord, vous allez reprendre des forces. Nous nous occuperons de votre situation plus tard.

On ne m'avait jamais appelée « mon enfant ». On ne s'était pas davantage préoccupé de ma santé jusqu'alors. Les paroles de la mère supérieure, pourtant empreintes de bonté, sonnaient faux dans ma tête. Elles me faisaient l'effet d'un texte appris par cœur trop souvent récité. La pointe d'intonation aristocratique que je crus déceler dans sa voix suffit à renforcer ma méfiance. Mon regard se porta sur toutes ces têtes angéliques et se durcit. Je ne leur devais rien. Au contraire. En croyant accomplir un devoir sacré, elles m'avaient volé ma délivrance. Tout en moi était agressivité. Je me jurai de ne pas desserrer les dents.

Une créature éthérée, au sourire séraphique, droite comme un i dans l'encadrement de la porte, annonça l'arrivée du docteur. Aussitôt les nonnes se dispersèrent précipitamment dans un léger bruissement d'étoffe. L'homme, fût-il médecin, les effrayait, par ce qu'il évoquait de désirs enfouis. Le visage de Julien se profila un instant dans ma mémoire. Elles avaient raison — ô combien ! — d'éviter les hommes, même si c'était pour d'autres raisons, tortueuses, éloignées du réel.

Le médecin, sans un mot, tira sur les couvertures. Je me retrouvai nue des pieds à la tête, rougissante jusqu'à la racine des cheveux. C'était un petit homme replet, au regard fuyant et au crâne dégarni. Il fouilla dans une sorte de sac de voyage, en sortit divers instruments et me demanda :

— Quel âge avez-vous ?

Je répondis :

— Vingt-deux ans.

Il se racla la gorge puis me demanda de m'asseoir. Instinctivement, je croisai les bras pour cacher mes seins. Il m'obligea à les tenir le long du corps, me fit tousser, respirer à fond, et par saccades, répéter « 33 » de plus en plus fort, tandis qu'un rond de métal glacé explorait mon dos. Il me demanda ensuite de m'allonger et me palpa longuement. Mes muscles se contractaient sous le contact de ses doigts rugueux. La séance me parut interminable.

Enfin, il rangea ses instruments et se leva. Il disparut, sans une parole d'encouragement, sans un au revoir. Je n'en savais pas plus sur mon état. Dix secondes plus tard, la porte s'ouvrit de nouveau, livrant passage à une religieuse que je n'avais pas encore vue. La pauvre était aussi large que haute. Son visage, couvert d'acné, paraissait tout boursouflé. Elle me tendit un bol de lait et une grosse part de brioche dorée.

— Mangez vite, dit-elle joyeusement.

J'allais la remercier quand, d'un geste prompt, elle happa un morceau de la pâtisserie et l'engloutit comme un gouffre. Puis elle se frotta la panse, avant de déclarer, d'un air gourmand :

— C'était bien bon ! Pardon, mon Dieu !

Son attitude me stupéfia, mais je n'avais pas vraiment le cœur à manger, même de la brioche, et je lui aurais volontiers abandonné tout le reste pour qu'elle s'en aille et me laisse dormir encore un peu.

Le lendemain, je demandai l'autorisation de me lever. Il n'en fut pas question. Mes vêtements étant réduits à l'état de loques, les sœurs me prêtèrent une chemise amidonnée qui me permit de m'asseoir dans mon lit en restant décente. On m'avait mise sous surveillance, sans doute sur ordre du médecin. Une novice prit le service de jour, une autre s'installa dans ma chambre pour la nuit. Malheureusement, cette dernière ronflait et se réveillait toutes les heures pour prier à voix haute. Tant de prévenance à mon égard eut pour seule conséquence de me faire passer des nuits d'insomnie...

Je restai ainsi cloîtrée pendant près d'une semaine. La nourriture, prodiguée en abondance, menu constitué d'un gruau épais et sans saveur, de viande bouillie et de lait, me rendit rapidement mes forces. Même si la fameuse petite religieuse boulotte chargée de mes repas prélevait sa part au passage, il en restait toujours bien assez. Ses arrivées, pittoresques, étaient d'ailleurs la seule touche de gaieté à mon existence de recluse. Elle se gavait avec allégresse, sans jamais omettre de demander pardon à Dieu.

Au matin du huitième jour, la mère supérieure daigna me rendre une seconde visite. J'étais remise sur pied et, au dire de sœur Gertrude, ma gloutonne de service, j'avais déjà repris des formes et des couleurs. Quelque chose au fond de moi s'était réveillé, qu'il me fallut un temps avant d'identifier. Certes, l'amertume et la rancœur étaient trop fidèles compagnes pour m'avoir abandonnée, mais le désespoir ne résiste pas à la jeunesse : j'avais repris un tantinet goût à la vie ! Et j'étais furieuse de rester enfermée. Je vis, dans la présence de la mère supérieure, le signe de ma future liberté, et je m'évertuai à prendre un air reconnaissant, hasardant même un pâle sourire.

Cette femme m'impressionnait.

Sans un mot, elle approcha un prie-Dieu du lit et s'y agenouilla. J'étais perplexe : devais-je me lever, m'agenouiller moi aussi ? Dans le doute, je m'abstins. Elle s'absorba un instant dans ses méditations, avant de m'expliquer comment j'avais été sauvée. Un vieux clochard était venu la réveiller en pleine nuit, tambourinant contre la porte jusqu'à ce qu'elle accepte d'ouvrir et de l'accompagner. On m'avait découverte sous le porche, et trois sœurs, aidées par le curé de la paroisse, m'avaient transportée, tandis que le clochard déguerpissait.

— Comment était-il habillé ? demandai-je spontanément, étonnée de ma propre hardiesse.

Ma question parut la choquer. Elle l'éluda d'un geste éloquent et dirigea son regard vers le crucifix au-dessus de mon lit.

— Vous pouvez remercier la divine providence qui veillait sur vous, mon enfant !

Les pensées les plus diverses s'entremêlaient dans mon esprit. Il me semblait ahurissant qu'au milieu de tant de misère, au lendemain d'une guerre, alors que tant de malheureux avaient péri, souffert, subi la torture, la maladie, il se trouvât encore des naïfs pour attribuer le peu de bien sur cette terre à une divine intervention. Le monde n'était-il pas Son invention ? Et pour une désespérée, sauvée in extremis, combien avaient fait le grand saut cette même nuit ? Aujourd'hui encore, je veux croire que la divine providence avait pris, à l'aube du Nouvel An, les traits bien humains d'un vieillard, d'un « philosophe » en houppelande bleue ! Par bonheur, la mère supérieure était incapable de lire dans mes pensées. Elle commença à m'interroger sur ma vie, sur mon passé. Je lui répondis honnêtement, et je vis sa dureté fondre, faire place à l'étonnement, puis à l'incrédulité, tandis que j'évoquais mon enfance, les traitements que mes parents m'avaient fait subir. Je n'omis aucun détail, poussée à nouveau par je ne sais quel besoin de me confier. Ma fuite, Paris, ma déception chez les franciscaines de Bordeaux, Marie-Hélène, et puis mon attachement crédule à Julien. Son étonnement, peu à peu, se mua en fureur contenue. Elle embrassa le crucifix d'ivoire qui pendait à son cou et demanda :

— Croyez-vous en Dieu, mon enfant ?

Je ne répondis pas. Vraiment, je ne savais plus. Elle poursuivit ses investigations avec fermeté, indifférente au silence dans lequel je venais de me murer.

— Dieu vous a éprouvée, conclut-elle. C'est une preuve de Son amour.

Là-dessus, elle se leva et quitta dignement ma chambre, sans se retourner.

A force de soins et de repas réguliers, en un mois je fus transfigurée. Chaque membre de la communauté avait donné de sa personne pour m'aider à me relever. Mes guenilles avaient été remplacées par une robe neuve d'orpheline. Les cheveux propres, les joues pleines, j'étais redevenue presque jolie. Les empeignes de mes chaussures, neuves elles aussi, me blessaient atrocement les pieds, mais j'avais plaisir à les porter. On me les avait offertes !

Et maintenant, qu'allais-je devenir ?

En attendant la décision de la mère supérieure, à qui je posais un réel problème, j'aidais à la cuisine. J'y retrouvai sœur Gertrude qui supportait avec bonne humeur le sobriquet de « sœur Boulimie ». Cette femme était la gaieté même, et sa joie finissait par être communicative. Elle engloutissait à longueur de journée tout ce qui lui tombait sous la main, miettes de pain, fonds de casseroles, restes de conserves... « A tout péché miséricorde », aimait-elle à répéter, avant de prélever sa juste part, et un peu plus, sur les plats qu'elle servait ensuite au réfectoire.

— Dieu l'a voulu ainsi, m'affirma-t-elle un jour en posant ses mains boudinées sur sa taille informe. Il m'a taillée dans un bloc de saindoux pour que je renonce aux hommes. C'est pour mieux Le servir que je mange autant. Si j'étais belle, vous croyez que je serais ici ?

Je commençais à m'habituer à ma nouvelle vie, dans l'ambiance feutrée du couvent, lorsque la mère supérieure, un matin, me fit appeler à son bureau :

— Mon enfant, nous ne pouvons plus vous garder. Je sais que vous nous aidez de votre mieux, mais notre communauté n'est, hélas, pas assez riche...

Voyant que je pâlissais, elle me sourit, rassurante.

— Ne vous en faites pas. J'ai pensé à vous. Ma sœur a besoin d'une servante pour l'aider. Elle vit à Cassis. Aimeriez-vous y aller ?

Cassis ? Ce nom n'évoquait rien pour moi, à part le groseillier noir à feuilles odorantes. De toute façon, là ou ailleurs... Je m'étais promis une revanche, mais aujourd'hui l'incertitude me tourmentait et je ne croyais plus en rien. Dans la communauté des sœurs, prise en charge du matin jusqu'au soir, dorlotée, choyée, j'avais retrouvé un peu de cette enfance à laquelle j'aspirais depuis toujours sans l'avoir jamais connue. J'étais vivante, sans l'être tout à fait. Mes sautes d'humeur, mes coups de désespoir, mes soudaines euphories, se heurtaient à des garde-fous en ces lieux où seules étaient de mise l'abnégation et la sérénité.

On me chassait. J'allais de nouveau affronter la vie, le monde extérieur... à Cassis, une ville portant un nom de fruit ! La terreur que j'éprouvai soudain m'empêcha d'entendre les sages conseils que me prodiguait la mère supérieure. Figée, la nuque parcourue d'un frisson glacé, je me contentai de hocher la tête, acquiesçant sans comprendre.

Mon départ, le lendemain, causa bien des larmes. Les sœurs s'étaient habituées à ma compagnie. Elles m'appelaient « leur petite orpheline » et leurs cœurs, plus sensibles que d'autres, semblèrent se briser au moment de notre séparation. La communauté m'offrait le voyage — en deuxième classe, ce qui était un luxe à l'époque. Deux jeunes nonnes m'accompagnèrent dans le compartiment, pour attendre le départ du train. Elles prirent place en face de moi et commencèrent à égrener leur chapelet, sous les regards curieux des autres voyageurs, dont les clins d'œil ironiques me mirent aussitôt sur mes gardes : allais-je devoir supporter leurs sarcasmes, pendant ce long trajet ? Un coup de sifflet annonça l'imminence du départ. Mes anges gardiens se levèrent, m'embrassèrent et profitèrent de notre étreinte pour me glisser un paquet.

— Tenez, vous en aurez plus besoin que nous, murmura la plus jeune. Et sœur Boulimie vous a fait un gâteau...

— Surtout, ne parlez pas aux hommes ! souffla la seconde en rougissant.

Le train s'ébranla. Les deux sœurs agitaient leur mouchoir sur le quai. J'attendis qu'elles disparaissent pour ouvrir le paquet.

Les larmes aux yeux, je découvris une énorme brioche et une petite bourse en cuir. En comptant le nombre de piécettes qu'elle contenait, je compris qu'elles s'étaient toutes cotisées.

8
La dame de Cassis

La gare de Cassis ne m'a laissé aucun souvenir.

A peine descendue du train, je vis une femme se ruer sur moi. Elle était habillée comme une paysanne, un grand fichu noir lui cachant la moitié du visage.

— C'est toi, la fille que nous envoie le couvent de Toulouse ?

J'acquiesçai. Elle m'inspecta des pieds à la tête, les yeux mauvais, puis, sans ménagement, me prit la main et m'entraîna derrière elle. J'étais intimidée et morte de honte. Les gens ricanaient. Je croisai les regards de pitié ou d'amusement des passagers de mon compartiment. L'orpheline, semblaient-ils penser, est arrivée à bon port !

Nous parcourûmes ainsi cinq cents mètres, elle courant devant, moi traînant les pieds. Ma « paysanne » relâcha son étreinte devant la façade d'une petite maison blanche, tous volets fermés. Elle fourragea dans la serrure puis me fit passer devant elle. L'entrée était encombréee de meubles rustiques, fleurant fort l'encaustique. Un tapis épais étouffait le bruit de nos pas. Mes yeux mirent quelques secondes à s'habituer à l'obscurité. De lourds rideaux s'ajoutaient aux volets pour empêcher le jour de filtrer. Le faible éclairage d'une lampe à abat-jour, posée sur un guéridon, me permit tout juste de distinguer la silhouette d'une autre femme, qui m'attendait, assise dans un fauteuil, dans le coin le plus sombre du salon. J'entendis la porte claquer derrière moi.

— Voici ta patronne ! grinça mon chaperon au fichu noir. Sois gentille avec elle, après ce qu'elle fait pour toi ! Tu peux remercier notre Seigneur. Tu as de la chance !

De la chance ? Je m'abstins de tout commentaire, essayant d'imaginer ma vie dans cette ambiance sépulcrale, en compagnie de ces deux femmes qui, de prime abord, m'effrayaient. Mon hôtesse se leva péniblement, prenant appui sur une canne. J'accourus au-devant d'elle pour lui proposer mon aide, mais elle refusa d'une voix revêche puis se déhancha jusqu'à une bergère, près de la lampe, où elle se laissa glisser.

— Approche, ma fille. Viens dans la lumière que je te voie un peu...

Je m'exécutai aussitôt. La maîtresse des lieux ressemblait à sa sœur religieuse comme le vilain canard de l'histoire ressemble au cygne qu'il deviendra plus tard. Elle était maigre à faire peur, le visage sec, doté d'un nez proéminent et busqué, la bouche pincée, avec de tout petits yeux noirs qui me scrutaient, me soupesaient, me mettaient mal à l'aise. Ses hanches paraissaient la faire souffrir horriblement, car elle ne restait pas en place sur son siège et ne cessait de grimacer.

— Ma sœur m'a parlé de toi... Elle a dû te dire que j'avais besoin d'une servante. Chez moi, tu n'auras rien à craindre. Germaine, la dame qui est venue te chercher, a l'habitude de s'occuper des courses. Tu n'auras donc pas à sortir. Le dimanche, elle t'accompagnera à la messe. Le reste du temps, tu t'occuperas de la maison !

La sécheresse de sa voix me fit frémir. Elle poursuivit sur le même ton brusque :

— Et je te préviens, je n'aime pas les paresseuses ! Mon auberge est fermée, mais ce n'est pas le travail qui manque. Germaine t'expliquera.

Là-dessus, un simple mouvement de sa canne me signifia que l'entretien était terminé.

Germaine me conduisit dans une soupente où un matelas posé à même le sol me servirait désormais de lit. Elle m'expliqua rapidement ce que j'aurais à faire : entre le ménage et le linge, les repas et l'entretien du jardin, je sus que je n'aurais plus une minute à moi. Que faire ? Refuser ? Mais j'avais un toit. J'aurais de quoi manger. Comme me l'avait si clairement indiqué ma patronne, je serais à l'abri...

Il ne fut pas question d'un salaire. Tout juste d'un peu d'argent de poche.

Aucun événement, triste ou heureux, ne semblait plus devoir rompre la monotonie de mon existence. Je m'habituai rapidement à ma vie de recluse, entre la vieille dame grincheuse et son cerbère de suivante. Poussière, obscurité, silence, parfois rompu par les colères de ma nouvelle patronne... J'étais autorisée à me rendre dans le jardin, mais jamais à franchir la barrière de bois blanc cadenassée. Mes contacts avec l'extérieur se résumaient donc à cette brève expédition dominicale, pour assister à la première messe en compagnie de Germaine. N'avais-je pas souhaité être exclue du monde ? Ma prière, d'une certaine façon, était exaucée... Et ma vie ressemblait fort à ces quelques semaines passées en compagnie des religieuses, ou à mon enfance, prisonnière de mes parents — du moins ici ne me battait-on plus !

D'un naturel déplaisant, la « dame de Cassis » devint très vite insupportable. Ses lamentations me poursuivaient d'une pièce à l'autre, où elle me rejoignait bientôt en claudiquant, le souffle court et saccadé. Ses hanches, percluses d'arthrose, la faisaient souffrir le martyre. Elle se mit à critiquer le moindre de mes gestes, même lorsque je voulais lui être agréable. Égoïste et aigrie, intolérante surtout, elle n'éprouvait que mépris pour tout ce qui n'était pas conforme à sa rigueur morale. Pressée par ses questions, j'eus le tort, à plusieurs reprises, de lui parler de mes parents. Il me fallut, par la suite, affronter ses jugements à l'emporte-pièce, aussi sévères qu'injustes.

Elle vivait dans le noir car elle prétendait ne pas supporter la lumière du jour. J'eus l'occasion de me rendre compte qu'elle ne supportait pas davantage les humains, et encore moins les animaux. Le chant des oiseaux était pour elle une torture. Lorsque vint le printemps, elle m'obligea à détruire tous les nids qui bordaient sa fenêtre et à chasser deux familles de rouges-gorges qui avaient élu domicile dans un buisson d'églantier. L'incident le plus triste, cependant, fut celui du chien.

Il faisait anormalement chaud, ce jour-là, et Germaine avait laissé portes et fenêtres ouvertes. Un seau d'une main, une serpillière de l'autre, je venais d'entreprendre le « grand nettoyage de printemps » lorsque je vis un malheureux chien tout efflanqué m'observer depuis le seuil de la maison. Il haletait, à bout de forces, la langue pendante, et n'attendait qu'un geste pour se traîner jusqu'à moi. J'allais le caresser lorsqu'un hurlement me figea :

— Qu'est-ce que ce bâtard fait ici ? Dépêche-toi de le chasser !

Ma patronne, que je croyais encore dans sa chambre, s'était glissée subrepticement derrière moi. Je balbutiai :

— Mais, madame...

— Tu n'as pas entendu ?

Le chien se mit à japper, remuant la queue. Il était si mal en point qu'il se serait bien laissé battre, pour obtenir un peu d'eau. Je pris mon courage à deux mains :

— Il a soif, madame.

— Qu'il aille au diable ! Les chiens apportent des maladies. Mets-le dehors, et plus vite que ça...

Je ne l'écoutais déjà plus. Et tant pis si je perdais ma place ! D'une caresse, je fis comprendre à la pauvre bête que j'étais son amie. Il me lécha la main et me suivit dans la cuisine. De fureur, ma patronne s'était laissée tomber sur un fauteuil dans l'entrée, maugréant, toussant, suffoquée de mon audace. Mon nouvel ami se jeta sur le bol d'eau que je posai entre ses pattes, avant de dévorer un morceau de pain. Qu'il était beau dans sa robe couleur de poussière ! Je pris sa tête entre mes mains, plongeai mon regard dans le sien et je crus y lire mon propre destin. Tout l'amour, sans objet, que contenait mon cœur se déversa à flots sur cette pauvre créature. Je décidai de l'appeler « Ami » et répétai son nom tout en lui prodiguant mille caresses, cédant au rire puis aux larmes. Notre première aventure fut de courte durée. La « dame de Cassis » s'était ressaisie. Elle surgit dans la cuisine, m'injuriant, et menaça le chien de sa canne.

— Hors d'ici, sale cabot! Ma fille, je te l'ordonne; chasse-le ou je lui casse ma canne sur le dos!

La mort dans l'âme, je fus contrainte de le pousser dehors. Ami me jeta un dernier regard reconnaissant, puis s'enfuit, tout requinqué...

— C'est bien assez d'avoir à te nourrir, entendis-je marmonner ma patronne, tandis que je suivais Ami des yeux.

Je dormis bien mal, cette nuit-là. L'humanité tout entière était donc dépourvue de cœur! Même un chien à l'agonie était incapable d'éveiller la pitié chez une femme qui, à longueur de journée, se référait à la commisération du Seigneur.

Le lendemain matin, j'ouvris la porte: Ami attendait au coin de la rue, assis en plein soleil, les yeux braqués sur la maison. Je fis un simple geste de l'index et mon compagnon, tout frétillant, se rua vers moi. Pour un morceau de pain et un fond d'écuelle, il m'avait adoptée! Le cœur débordant de tendresse, je le caressai longuement puis, lui intimant le silence, je le conduisis dans la cuisine. Il connaissait le chemin. Ami était intelligent. Il s'y rendit prudemment, presque sur la pointe des pattes, comique dans son comportement quasi humain.

Il devint *mon* chien, mon compagnon, mon Ami. Un secret bien gardé qui me remplit de joie pendant de longues semaines. Nos rencontres étaient brèves. Ma patronne ne se levait jamais tôt le matin, à l'exception du dimanche, où son horaire était réglé sur celui de la messe. Entre six et sept heures, j'avais donc la paix. J'en profitai pour m'occuper d'Ami qui, guidé par son instinct, n'aboya pas une seule fois. J'étais comblée. Malheureusement, notre complicité devait bientôt toucher à sa fin.

Un matin, alors que j'étais en train de lui murmurer mes malheurs, le souvenir de Julien me fit éclater en sanglots. Ami ne m'avait jamais vue dans un tel état. Il se mit à japper, de plus en plus fort, puis à hurler à la mort. J'eus beau le caresser, le serrer contre moi, rien n'y fit. Terrorisée, j'entendis alors des pas se rapprocher, une canne frapper sur le carrelage. Ma patronne fit irruption dans la cuisine.

— Encore ce bâtard ! J'en étais sûre, à force de trouver des poils partout ! Dehors ! Ou sinon c'est toi que je jette à la rue !

Sa voix mua en quinte de toux. Elle avait les larmes aux yeux. Elle tituba, agrippée au pommeau de sa canne. J'accourus pour l'aider. Elle me repoussa brutalement et se laissa tomber sur une chaise.

Ami avait compris. Sans que j'aie à lui dire un mot, la queue basse, il rasa le mur, attendit que je lui ouvre la porte, puis disparut dans la nuit.

Je ne le revis plus.

Un jour, j'appris par Germaine qu'un chien, « un sale bâtard », « un sale cabot », s'était fait écraser devant notre porte et avait été ramassé, à l'aube, par les éboueurs.

— C'était le clébard de Martine, grinça la « dame de Cassis ». Tant mieux. Nous en voilà débarrassées !

Depuis ce jour, coïncidence, la santé de ma patronne ne cessa de se dégrader. Elle commença par ne plus vouloir quitter sa chambre, puis son lit, avant de refuser toute nourriture. Le médecin, appelé régulièrement à son chevet, ressortait chaque fois aussi sombre, hochant la tête d'un air entendu.

Bientôt elle perdit l'usage de la parole. Je ne lui avais toujours pas pardonné sa méchanceté envers Ami, et moins encore sa repartie glaciale lorsque Germaine m'avait appris sa mort. Son soudain silence fut un soulagement. Je ne l'entendais plus m'abreuver d'injures, mépriser mon travail, faire l'éloge de sa bonté envers moi, critiquer tout et chacun, à tout propos et sans raison... Les yeux exorbités, elle respirait avec difficulté et, chaque fois que je lui rendais visite, trouvait à peine la force de me montrer la table de nuit sur laquelle trônaient des dizaines de flacons. Nous étions trois pour nous relayer à son chevet.

Un soir, le médecin s'attarda plus longuement auprès d'elle, avant de décider de la faire transporter d'urgence à l'hôpital. Puis il nous demanda d'appeler le curé pour l'administration des derniers sacrements.

— Prévenez sa sœur, dit-il à Germaine.

Alors que l'ambulance arrivait, la « dame de Cassis » entra dans un coma profond et, au moment où les infirmiers voulurent la sortir de sa chambre, sa respiration resta suspendue pendant quelques secondes, puis elle émit un gémissement rauque, démesurément long. Ce fut là son dernier soupir.

— Elle avait toujours refusé d'entrer à l'hôpital, gémit Germaine, avant d'éclater en sanglots.

« La dame de Cassis » avait donc manifesté son autorité jusqu'au bout.

La cérémonie funèbre attira bien peu de monde. Le maire arriva le premier, suivi par quelques commerçants et une douzaine de commères endeuillées, pour qui un enterrement était un événement à ne pas manquer. La mère supérieure était au premier rang. On entendait le cliquetis de l'encensoir. Mais au moment de l'absoute, des gémissements un peu bruyants se firent entendre. Germaine, sans doute la seule amie de la défunte, manifestait sa peine.

— *Ad vitam aeternam !* lança le curé.

Je joignis mon *Amen* à ceux du cortège, mais avec bien peu de conviction...

L'office funèbre achevé, les porteurs s'emparèrent du cercueil de chêne. Le glas égrenait ses notes lugubres à intervalles réguliers pour l'accompagner à sa dernière demeure, juste derrière l'église. Un second cortège attendait et j'entendis murmurer dans les rangs :

— On était avant eux, tout de même !

A croire que leur mort était plus pressé que la nôtre de retourner à la poussière ! Je jetai, comme tout le monde, ma poignée de terre sur le cercueil au fond du trou. J'étais la dernière. En me redressant, je vis que la mère supérieure m'attendait devant la grille.

— Je vous emmène, mon petit, me dit-elle d'un ton impérieux, en me prenant le bras. Je vais vous placer ailleurs.

C'était hors de question et je la remerciai sincèrement. Presque un an passé en compagnie de sa sœur m'avait suffi ! Son regard étonné me donna presque envie de rire. Elle resserra sa pression sur mon bras.

— Mais voyons, vous n'y pensez pas ! Vous êtes seule, vous ne connaissez personne. Qu'allez-vous faire, maintenant ?

— Vivre, ma mère... Du moins, essayer !

Elle secoua la tête, avant d'ajouter en guise d'adieu :

— Je prierai pour vous, mon enfant.

Je ne répondis pas. Était-ce par timidité, par orgueil, ou bien par amertume ? Ma décision était prise. Mon âme avait achevé sa convalescence. Je me sentais assez forte pour m'en remettre de nouveau au hasard. Une année à économiser sou après sou m'avait permis de me reconstituer un pécule.

La vie m'attendait. Je venais d'avoir vingt-trois ans...

9
La démesure

J'arrivai à Marseille dans l'après-midi d'une belle journée, froide mais ensoleillée, de janvier 1948.

Je m'étais décidée pour cette ville parce que c'était la métropole la plus proche de Cassis et que, selon moi, seule une cité de cette taille pouvait offrir des débouchés à la fille inculte que j'étais, sans écraser son amour propre.

La découverte de Marseille me fit un choc. Les marches de la gare Saint-Charles étaient encombrées de désœuvrés en mal de resquille, de mendiants déguenillés, de prostituées — la plupart très vieilles et très laides —, en somme une foule si disparate et si effrayante que, prenant mon souffle, je dévalai l'immense escalier comme si j'avais le diable à mes trousses. Le quartier avoisinant était pire. Marins, camelots, racoleuses et infirmes se partageaient les ruelles mal pavées d'une zone urbaine sordide, affalés sur les trottoirs, adossés aux murs lézardés ou déambulant sans but aucun, cherchant pour la plupart la bonne aubaine, le client, la femme facile ou le petit larcin qui leur permettrait de subsister une nuit de plus. C'était hallucinant !

Je finis par trouver une chambre sous les combles d'un hôtel sans étoile, à la limite de l'insalubre. Des filles outrageusement fardées me lancèrent des œillades amusées en me voyant gravir les marches d'une maison qui semblait avant tout abriter leur commerce... Il fallait avoir l'inexpérience de la jeunesse, ou plus encore la peur de la rue, pour accepter de monter dans un tel bouge. Mais j'avais besoin d'un point de chute avant de chercher un travail. Cet hôtel était parmi les moins chers et puis, j'avais connu pire...

Le soir même, je fus embauchée dans un bar araméen, situé derrière la gare. Je commençai sur l'heure. La clientèle était en majorité nord-africaine, et venait là pour jouer aux cartes, aux dés, boire du thé, du pastis. Les lieux étaient crasseux au-delà de toute description, mais le patron ne m'avait rien demandé, ni pièce d'identité, ni références. Je crois même qu'il ne connut jamais mon nom de famille...

Nourrie, chichement rémunérée aux pourboires, je fus vite contrainte d'empocher quelques consommations afin de payer chaque nuit le taudis qui m'était loué pour chambre. Bien évidemment, les week-ends n'existaient pas dans cet établissement où tous les trafics étaient pratiqués : tous les jours, je servais le premier verre à six heures du matin, le dernier à minuit. Le patron, personnage adipeux, gras et vulgaire, restait toujours pour la fermeture en compagnie de quelque habitué. Le matin, je les découvrais immanquablement affalés sur le sol, ronflant, encore tout avinés, lorsqu'ils ne s'étaient pas endormis dans leur propre vomi.

Pour rentrer « chez moi », j'étais obligée d'effectuer un grand détour, afin d'éviter la rue des Chapeliers, centre du quartier maghrébin, tristement réputée pour son taux de criminalité. Même la police n'osait pas s'y risquer...

D'autres dangers m'attendaient à l'hôtel. La clientèle des habitués n'arrivait pas à comprendre qu'une femme « honnête » puisse vivre dans un tel endroit. Mes journées s'achevaient fréquemment par une course poursuite sur le palier sans lumière, avec, à mes trousses, un individu avide de connaître « la petite nouvelle », sous les éclats de rire des autres filles... Enfin à l'abri dans ma pièce minuscule, il me fallait encore donner la chasse aux cafards et aux punaises qui l'infestaient, avant de m'endormir.

Cet enfer dura deux mois. Puis j'en eus assez. Confusément, je sentais un danger se rapprocher, et la perspective de rester quelques jours de plus dans cet endroit me rendait atrocement nerveuse. Je décidai de quitter ce bar, m'accordant encore vingt-quatre heures avant de donner mon congé. C'était, hélas, déjà trop tard...

Nous étions à la mi-carême et la fanfare municipale avait installé de grands tréteaux sur la place, devant le bar. La fête commença à la tombée de la nuit. Pierrot, Arlequin et Colombine amusaient une foule de plus en plus dense, qui obstruait la vue et m'empêchait de suivre la mascarade, à mon grand regret. Courbée derrière le comptoir, aménagé sous un escalier, j'essuyais négligemment les verres, tentant d'apercevoir la scène, pensant surtout à mon prochain départ, lorsqu'une vieille matrone obèse fit soudain son entrée dans le bar. Elle semblait connaître les lieux. De son ventre proéminent, elle poussa les tables de bois blanc pour se faire une place.

— Hé, vous autres ! hurla le patron. Fatima va nous faire son numéro !

La nouvelle fut accueillie par des cris de joie. Les clients se rapprochèrent en se poussant du coude, renversant les chaises, grimpant sur les tables. L'excitation avait gagné toute la salle. Je ne comprenais toujours pas ce qui allait se passer. La femme se dénuda jusqu'à la taille, sous les exclamations et les rires. Son corps, déformé par la graisse et les années, était plus qu'hideux : repoussant ! Le patron mit un disque de musique orientale, et, aussitôt, les habitués commencèrent à frapper dans leurs mains, tandis que la créature se mettait à gesticuler, mimant une danse lascive, secouant sa chair gélatineuse, la bouche ouverte sur un sourire grimaçant qui dévoilait deux rangées de chicots. J'étais dégoûtée et pensais assister là au spectacle le plus abject qu'il me fût donné de voir. C'est alors qu'un enfant entra dans le bar. Son visage émacié était déformé par un rictus convulsé. Les yeux vitreux, presque aveugle, il traîna son corps décharné en tâtonnant entre les tables. Son apparition me serra le cœur. Il tendit sa main pour mendier, mais mon patron s'exclama :

— Toi, le va-nu-pieds, fais comme la grosse ! A poil, si tu veux bouffer !

Ce fut le délire dans la salle. Cognant sur les tables, sur

les verres, sur tout ce qui leur tombait sous la main, les clients reprirent en chœur :

— A poil ! A poil ! A poil !

Le malheureux garçon, espérant glaner quelques pièces, s'exécuta sans trop se faire prier. Fatima gloussa et l'attira contre elle, faisant semblant de l'étouffer entre ses seins énormes. Elle tournait sur elle-même, tapant des pieds en rythme, tandis que le gosse se dépouillait de ses hardes. Il était squelettique, la peau noircie par la crasse. Anxieuse, au bord de la nausée, je me demandais jusqu'où pourrait bien aller cette triste farce quand, tout à coup, trois hommes armés firent leur apparition :

— Police ! Personne ne bouge ! Vos papiers !

J'en fus presque soulagée. Un calme impressionnant succéda au vacarme. Seule la vieille se dandinait encore. Un policier l'obligea à se rhabiller. Ils se montrèrent d'une grande douceur avec le jeune garçon qui pourtant, en les voyant, essaya de se sauver.

Mon soulagement fut hélas de courte durée. Deux policiers alignèrent les clients au fond de la salle, tandis que le troisième, qui semblait être le chef, apportait une attention toute particulière à mon patron et à moi.

— Toi, la blondasse, ton certificat !

J'étais déjà affolée. Son tutoiement et sa rudesse me terrifièrent. Tremblante, je balbutiai :

— Je n'ai pas de certificat, monsieur.

— Pas de BVBM ! Je m'en doutais... Parfait, ma poulette. Au poste, comme les autres !

J'allais apprendre, à mon détriment, qu'il fallait un certificat de « bonne vie et bonnes mœurs » pour travailler à Marseille. Et comme je n'avais pas non plus de pièce d'identité, je me trouvais dans l'illégalité complète, sans le savoir. L'inspecteur me fit sortir du bar puis me poussa sans ménagement vers les fourgons garés au pied de la gare. Derrière nous, la fête se poursuivait. Mon petit drame personnel n'allait certainement pas stopper les flonflons ni les danseurs qui s'étaient emparés des tréteaux... Réalisant soudain ce qui m'arrivait, je commençai à me débattre. L'inspecteur se pencha alors pour me glisser, sur le ton de la confidence :

— Sois raisonnable, c'est pour ton bien !

Sans trop comprendre ce que pouvait cacher cette affirmation, j'obtempérai alors, sans méfiance.

Des femmes, dont je reconnus quelques-unes pour les avoir croisées dans l'escalier de l'hôtel, se trouvaient déjà dans le véhicule. En ricanant, elles m'aidèrent à monter. La portière claqua. Le monde extérieur m'apparaissait désormais à travers une grille. « Pour mon bien » avait dit l'inspecteur ! Je m'accrochai à cette idée, sans vraiment en saisir le sens. Les filles entonnèrent une chanson paillarde et le car démarra.

Nous fîmes plusieurs haltes. A chaque fois, les policiers ramassaient une ou deux prostituées. A la fin, le fourgon était tellement plein que les dernières durent s'asseoir sur les genoux des autres, ce qui souleva insultes et protestations. Les odeurs de parfum bon marché, de sueur, empestaient l'atmosphère déjà confinée.

J'étais au bord du malaise quand, enfin, le fourgon s'arrêta et la portière s'ouvrit. Je reconnus l'entrée d'un commissariat devant lequel j'étais déjà passée. Une fois à l'intérieur, je cherchai mon inspecteur, en vain. Un préposé leva à peine les yeux sur moi.

— Nom, prénom, date de naissance...

Je tentai de lui expliquer ma situation.

— Ta gueule. Je t'ai posé une question. Contente-toi de répondre.

La mort dans l'âme, je déclinai mon identité. Le policier grimaça :

— Tu passes la nuit avec tes copines. Demain, si t'as encore envie, on pourra causer !

Mes copines ? Passer la nuit ici ? Je n'arrivais pas à y croire. Comment pouvait-il m'associer aux autres filles ? Il n'y avait qu'à me regarder ! J'essayai en vain de m'expliquer, je le suppliai de me permettre de rencontrer l'inspecteur qui m'avait sortie du bar, mais le planton se leva brusquement :

— Tu vas la fermer, ta grande gueule ? T'as pas entendu ? Allez, avec les autres pouffiasses. Et fais pas la conne, sinon ça va être ta fête !

D'une claque, il m'envoya contre le mur. Un autre policier intervint en ricanant :

— Mollo ! Les abîme pas, tu vas tout salir...

A moitié sonnée, je suivis le troupeau dans un escalier en colimaçon. Les talons de mes compagnes résonnaient sur les marches métalliques. Je sentis ma tête tourner. L'escalier s'enfonçait dans une sorte de cave. A la dernière marche, je dus m'agripper à la rampe et fermer les yeux pour laisser passer l'étourdissement. Lorsque je les rouvris, ce fut pour découvrir une pièce tout en longueur, vivement éclairée, comportant pour tout mobilier trois rangées de bancs. L'humidité suintait au long des murs. Je restai là, atterrée, incapable d'avancer. Les habituées des lieux se ruèrent sur les couches en s'arrachant les couvertures et en s'insultant comme des chiffonnières. D'autres commençaient déjà à se démaquiller. Une voix explosa derrière moi :

— Et toi, tu veux que je t'aide ? Magne-toi un peu !

Le gardien m'assena une grande claque sur les fesses avant d'ajouter :

— Fais gaffe. Je t'ai à l'œil. Va coucher !

Il ne restait qu'une couche libre, près des latrines puantes, où déjà une fille s'était installée, la jupe relevée. Des éclats de rire accueillirent l'aboiement du policier. Puis les filles reprirent en chœur : « Va coucher ! Va coucher ! » Je n'avais pas le choix. Je m'enfouis sous la couverture, maudissant la mort qui n'avait pas voulu de moi !

Un coup de sifflet strident couvrit d'abord, puis arrêta les ronflements. Le jour s'était levé. Je m'éveillai avec une migraine atroce, l'impression d'être enfouie sous un amas de détritus. J'avais transpiré pendant la nuit et la couverture collait à mes vêtements, dégageant une fétidité qui me prit à la gorge. Les bâillements, les éructations et les flatulences prirent le relais des grincements de dents et des ronflements. Les filles s'invectivèrent, d'une couche à l'autre, lançant des plaisanteries grossières pour se mettre en train. Puis, à peine levées, elles se maquillèrent, comme si de rien n'était. Mes compagnes de la nuit se préparaient à reprendre leur faction devant leurs hôtels borgnes, pour rattraper le manque à gagner, comme elles disaient... La conversation portait uniquement sur l'argent : rien d'autre ne semblait compter pour elles.

Quatre policiers nous firent remonter au rez-de-chaussée, avant de nous conduire dans une grande salle aux murs couverts de graffitis. Une sorte de table, partiellement recouverte d'un drap et munie de curieux prolongements métalliques, avait été traînée dans un coin. On avait aligné quelques bancs au centre de la pièce surchauffée mais un écriteau interdisait de s'y asseoir. Les matons nous regroupèrent devant la table. Ils connaissaient la plupart des filles, les tutoyaient, les appelaient par leurs prénoms. Certaines s'étaient déjà à demi dévêtues et rajustaient leurs sous-vêtements. Les plaisanteries fusaient de toutes parts. Elles ricanèrent lorsque nos gardiens annoncèrent d'un ton égrillard qu'on allait nous passer à la fouille. Je me raidis. Il n'y avait aucune femme parmi les policiers. On nous divisa en quatre groupes, puis un ordre retentit :

— Allez, les filles, à poil !

Elles s'exécutèrent de bon cœur, tandis que je reculais, morte de honte. Les vêtements s'entassèrent sur le sol. Prenant mon courage à deux mains, j'interpellai un des policiers :

— S'il vous plaît, monsieur...

Il tourna son visage vers moi, l'air étonné, puis se passa la langue sur les lèvres :

— Qu'est-ce qu'il y a ? Ta culotte est sale ? Tu veux pas la montrer ?

Sa réflexion déclencha des hurlements de rire. Le maton s'approcha. Il était court sur pattes, avec de tout petits yeux porcins et des cheveux gras, couverts de pellicules. Il voulut avancer la main, mais je la frappai avant qu'il ait pu me toucher.

Un long silence s'ensuivit tandis qu'il reculait, stupéfait. Puis les filles se déchaînèrent. Aiguillonnées par le gardien, elle se mirent à hurler :

— Hou ! hou ! L'orpheline qui veut pas montrer son cul !

Soudain, la porte s'ouvrit. Une femme corpulente, l'air

sévère, fit son apparition. Les filles m'abandonnèrent pour l'accueillir :

— Bonjou-our docteur !

— Alors, mes cocottes, répondit-elle. J'en arrête combien aujourd'hui ?

Mes compagnes marquèrent leur désapprobation par des huées. La doctoresse semblait bien les connaître elle aussi. Elle les força au calme en les appelant par leurs prénoms, puis s'avança et mêla ses plaisanteries aux leurs, taquinant l'une sur sa forme rondelette, l'autre sur son maquillage défait.

— On va voir ça, finit-elle par dire. Allez, mes chéries. A cheval !

Ce fut la mêlée. Les prostituées se bousculaient pour passer en premier. Je venais de comprendre à quoi servaient les drôles d'étriers placés au bout de la table. A vingt-trois ans, je n'avais encore jamais subi d'examen gynécologique. Je me sentis rougir et, par pudeur, détournai les yeux tandis qu'une grande rouquine s'installait, remuant le bassin avec obscénité, dans une parodie des gestes qu'elle devait accomplir à longueur de journée.

— Arrête ton cirque, sinon je te colle ! gronda le médecin.

L'examen ne dura que quelques instants.

— Suivante !

Moins d'une demi-heure plus tard, la plupart des filles s'étaient rhabillées. Alors, la doctoresse me désigna du doigt :

— Et celle-là, qu'est-ce qu'elle attend pour se foutre à poil ? Elle est nouvelle ? Elle travaille où ?

Enfin, j'allais avoir l'occasion de m'expliquer. Je m'avançai timidement.

— C'est une erreur, madame... J'attends que l'on me donne un certificat de bonne vie et mœurs pour partir...

La praticienne secoua la tête, l'air ahuri :

— Non, mais ! Vous l'entendez, les filles ? Pourquoi tu t'es fait ramasser, alors ?

Rouge de confusion, je murmurai :

— S'il vous plaît, madame. Je vous dis que c'est une erreur. Je travaille honnêtement, dans un bar... Laissez-moi partir !

Mes compagnes se tordaient de rire. Je n'eus pas le temps de m'expliquer davantage. La praticienne, aidée par deux gardiens, m'obligea à défaire ma robe, puis ils m'arrachèrent mes sous-vêtements. Enfin, malgré mes hurlements et mes pleurs, ils me portèrent sur la table et me coincèrent les pieds dans les étriers.

— Elle a pas de culotte ! Elle a pas de culotte ! chantaient les filles en tapant dans leurs mains.

Les gardiens appuyèrent de tout leur poids sur mon ventre pour m'obliger à cesser mes contorsions. Je vis, horrifiée, la doctoresse saisir un instrument qui trempait dans un bain. Soudain, une douleur atroce m'arracha un cri. La femme se redressa brusquement.

— Merde ! Elle était vierge celle-là !

Les cris, les rires s'arrêtèrent net. Les filles, hébétées, me regardèrent tristement. Elles venaient de comprendre que je n'étais pas des leurs. Il était, hélas, trop tard. Le spéculum avait accompli son œuvre. Comme preuve, s'il en fallait, ce filet de sang que je sentais couler entre mes jambes.

La doctoresse, gênée, me fit transporter dans une pièce voisine. On m'allongea sur un lit de camp. Tout le monde, maintenant, me parlait avec douceur. Je refusai les soins d'un non catégorique.

Enfin, à bout de forces, je perdis connaissance.

10
Les dés sont jetés

On me mit sous sédatifs et, le lendemain matin, je fus autorisée à sortir.

Un préposé me délivra deux documents : un extrait d'état civil et l'indispensable BVBM. Toute personne du sexe féminin, arrêtée à Marseille sans certificat de bonne vie et bonnes mœurs, m'apprit-il, était automatiquement considérée comme prostituée et traitée comme telle. Sans aucun papier d'identité, j'aurais d'ailleurs parfaitement pu être condamnée pour vagabondage...

— Nul n'est censé ignorer la loi ! conclut-il, en guise d'adieu.

Une jeune femme, aimable et prévenante, m'accompagna jusqu'à la porte.

— Bon courage, mon petit ! Soyez raisonnable, maintenant. Et surtout, ne retournez pas travailler dans ce bouge !

Elle me tendit la main, mais je la refusai.

— Allons, ajouta-t-elle avec douceur, il ne faut pas nous en vouloir. Tout le monde peut se tromper.

Elle me sourit, l'air confiant. Je me demandai si elle était capable de comprendre ma situation. J'avais perdu mon travail, et mes compagnes de cellule m'avaient fait les poches pendant la visite. Je ne pouvais même plus payer ma chambre d'hôtel. Je n'avais pourtant qu'une envie : dormir, dormir jusqu'à la fin des temps. Encore sous l'effet des sédatifs, j'avais l'impression de flotter. Elle referma la porte sur un petit geste d'adieu. Fin de la bavure.

Mes pas, sans que je m'en rende compte, me conduisirent au vieux port. La scène de la rue est souvent le pain des pauvres : pour un temps, elle fait oublier toutes les faims. Encore dans le coton, je m'assis sur la bordure du quai pour regarder les bateaux accoster. Les navettes en provenance du château d'If déversaient leurs flots de voyageurs. Des pêcheurs vantaient leurs rascasses et leurs sardines, debout dans leurs embarcations. Des bateleurs apostrophaient les badauds. Un peu plus loin, trois types aux allures de souteneurs, casquette blanche et lunettes à monture d'écaille, jouaient à la pétanque tout en surveillant du coin de l'œil une demi-douzaine de filles qui déambulaient sur le quai. Les galéjades à l'accent chaud jaillissaient des éclats de rire. Un groupe d'enfants surgit derrière moi, se chamaillant. Tout ce petit monde vivait sa vie, sous le soleil printanier déjà chaud. J'eus envie de hurler : « Et moi ? » Y avait-il seulement quelqu'un pour me regarder, me tendre la main ? Étais-je maudite ?

Au bout d'un moment, je repris ma route. L'effet de flottement provoqué par les calmants commençait à se dissiper, mais j'étais abrutie de fatigue. Au hasard, j'entrai dans la mairie. Il faisait bon, loin des bruits de la rue. Je me laissai tomber sur un banc, espérant pouvoir me reposer au moins jusqu'à la fermeture. Un homme assis derrière un grand bureau de bois me salua :

— Vous cherchez quelque chose ?

Sa question, pourtant polie, me révolta. Que me voulaient-ils tous, à la fin ? Ne pouvait-on me laisser en paix ! Le drame de la nuit passée venait à peine d'atteindre ma conscience. On m'avait humiliée, blessée dans mon intimité et dans ma chair. Je n'allais tout de même pas avouer à ce planton que je voulais dormir ! A bout de nerfs, je m'exclamai :

— Je cherche du travail, si vous voulez savoir !

— C'est le bureau au fond du couloir, me répondit le vieil homme sans se démonter.

Il souleva sa casquette et me désigna un renfoncement. J'étais médusée. Et si c'était vrai !... Je fonçai vers la porte à double battant et la poussai d'un geste brusque. Dans la pièce richement lambrissée, une douzaine de personnes s'affairaient autour d'une immense table surchargée d'affiches tricolores. Mon irruption interrompit les conversations. Plusieurs regards étonnés se braquèrent sur moi. Alors, par défi, je jetai à la cantonade :

— Je cherche du travail, messieurs-dames !

C'était ma façon de me venger, de dire au monde que j'existais. Dans une seconde, j'en étais sûre, on me jetterait dehors. J'étais prête à me débattre, à griffer, à mordre. Il fallait que quelqu'un paie !

Un homme à la forte corpulence enjamba les paquets qui jonchaient le sol et s'approcha de moi. Je ne bougeai pas. Il me considéra longuement avant de m'interroger :

— Qui es-tu ? Montre-moi tes papiers ?

Surprise par la douceur de sa voix, je lui présentai mes deux certificats. Il les étudia attentivement avant de me les rendre.

— Tu tombes bien. On a besoin de colleurs d'affiches. Tu es libre quand ?

Ma fatigue s'évapora d'un coup. Je répondis précipitamment :

— J'ai besoin de travailler tout de suite !

Il tourna les talons pour aller consulter une liste fixée au mur. Puis il revint m'annoncer :

— Si tu veux, tu seras de l'une des équipes de nuit. Je n'ai plus rien d'autre à t'offrir.

— Cela ne me dérange pas.

— C'est que le travail est dur, tu sais... Enfin, si cela peut te rendre service...

Il jeta un coup d'œil sur ma robe toute chiffonnée.

— Tu n'as rien d'autre à te mettre ?

— Non.

— Attends-moi ici. Je vais te prêter une salopette.

Il réapparut, tenant un bleu de travail fraîchement repassé et bien plié.

— Celui-ci devrait t'aller... Tu peux utiliser les toilettes, si tu veux. Allez, et bon courage !

Une heure plus tard, nous étions une vingtaine à nous partager un repas pantagruélique, servi sur des tréteaux dressés dans un des bureaux de la mairie. Des jeunes, rien que des jeunes, pour la plupart dans ma situation : quiconque a eu faim, a dormi à la belle étoile, possède un instinct qui lui permet de reconnaître ses compagnons de misère. Nous nous jetâmes sur les plats. C'était à qui parviendrait à engloutir la plus grande quantité de nourriture. La manne providentielle nous arrachait des gloussements de joie. En moins d'une demi-heure, il ne resta plus une parcelle de poulet, pas la moindre olive ni le plus petit morceau de pain sur la table. Puis chacun se présenta par son prénom. Jean, Lucien, Simone, Marcel... L'émotion m'arracha des larmes, que je parvins à camoufler en faisant semblant de me moucher. Je n'étais plus seule ! Je faisais partie d'une équipe !

Le responsable qui m'avait accueillie nous rejoignit et demanda le silence. Notre travail, expliqua-t-il, consistait à placarder les murs de Marseille d'affiches annonçant le congrès national du RPF qui devait se tenir du 16 au 18 avril.

— Maintenant, boulot, boulot ! conclut notre chef d'équipe. Et que demain je ne voie pas une seule affiche servir d'emballage aux poissons sur la Canebière !

Des camionnettes nous déposèrent, par groupes de trois, dans des secteurs délimités en nous donnant rendez-vous le lendemain matin à cinq heures, au même endroit. Coïncidence : mon équipe se vit attribuer le quartier Sainte-Marthe, nom de ma sainte patronne. J'y vis un signe favorable.

Chacun avait un rôle défini : le mien consistait à transporter la colle, les affiches et les musettes. Je bouillonnais d'enthousiasme.

La nuit suivante, j'entrepris de mon propre chef d'arracher les affiches des partis adverses. Mon initiative déclencha aussitôt une petite guerre avec les camps opposés. A peine avions-nous fini de placarder une rue qu'une de leurs équipes se précipitait pour détruire notre travail. Cela se terminait généralement par des empoignades. Une rixe particulièrement violente s'acheva même par un court séjour à l'hôpital. Chaque nuit, ou presque, nous devions recommencer le travail de la veille, mais mon équipe était particulièrement redoutable. Le dernier jour, nous avions gagné la partie : les murs de Sainte-Marthe étaient placardés de nos seules affiches tricolores !

Le grand jour arriva enfin. Marseille attendait la visite du général de Gaulle pour l'ouverture du congrès, et une foule immense avait pris d'assaut la Canebière. Nantie d'un brassard du service d'ordre, arborant à la boutonnière la même croix de Lorraine que les officiels, j'avais, avec mes compagnons, pour délicate mission de contenir le chahut.

Le général se fit attendre et, pendant plus d'une heure, la foule scanda son nom, agitant des milliers de drapeaux tricolores. Les cordons de sécurité se distendaient, craquaient parfois, et les sympathisants renversaient les barrières pour se ruer sur la chaussée. C'était alors à nous d'intervenir, en attendant que les policiers débordés viennent nous prêter main-forte. Pour ajouter à l'excitation, la fanfare de Marseille jouait des marches militaires endiablées, amplifiées par des dizaines de haut-parleurs. Nous étions en nage, épuisés. Un superbe bateau blanc, en rade dans le vieux port, abritait le général et son état-major qui attendaient l'instant propice pour faire leur apparition. Enfin, une navette accosta. La stature imposante du général de Gaulle se détacha. Une immense clameur s'éleva de toute la Canebière, tandis que la fanfare enchaînait sur *la Marseillaise*. Charles de Gaulle remonta l'avenue, debout dans une Citroën aménagée pour la circonstance, escorté par des dizaines de motards et autant de voitures officielles. Ce fut le délire. Rien ne semblait plus pouvoir contenir la marée humaine. Les plus audacieux se ruèrent sur le passage du général, indifférents aux coups de sifflets et aux matraques des gardes du corps. Le cortège atteignit enfin, tant bien que mal, le podium dressé devant l'église des Réformés en haut de la Canebière. Puis la foule retrouva son calme et les discours purent commencer.

Le peuple était heureux : il l'avait vu, l'avait écouté jusqu'au bout. A présent les festivités pouvaient commencer. Jusque tard dans la nuit, Marseille, revêtu de ses habits de fête, comme au plus beau de ses 14 Juillet, laissa éclater sa joie, au son des pétards et des flonflons. Le clou du spectacle, un éblouissant feu d'artifice, tiré du château d'If, constella de millions d'étoiles la Bonne Mère, plus belle que jamais. J'avais retrouvé le sourire. Ce fut, je dois l'admettre en toute naïveté, l'un des plus beaux jours de ma vie.

Nous étions le 18 avril 1948. Le congrès s'achevait, et avec lui mon contrat. Marseille avait retrouvé son visage de tous les jours. Pendant un mois, j'avais correctement gagné ma vie, repris des forces et de l'espoir. J'avais vécu dans un petit hôtel, sinon luxueux du moins décent. La peur, ma plus vieille compagne, m'avait quittée, j'espérais à jamais. J'étais de nouveau prête à prendre mon destin en main.

Mon chef de groupe me suggéra de tenter ma chance à Paris et me confia une adresse où je pourrais me présenter de sa part. Je décidai de suivre son conseil. La vieille cité phocéenne n'avait plus rien à m'offrir.

Le soir même, je prenais le train pour la capitale.

11
Folle témérité

Je retrouvai Paris avec bonheur.

Tant de choses avaient changé en moi depuis ma première visite ! Je n'avais plus besoin de guetter ma sœur, ni de craindre pour ma liberté ou pour ma vie. J'étais majeure, riche d'un mois de salaire, pleine de projets et d'espoir. Je m'étais même offert une robe neuve qui me seyait à merveille, d'un beau bleu turquoise assorti à la couleur de mes yeux. Un mois de bons traitements, d'amitié, de chaleur, avait suffi à me métamorphoser...

En revanche, ma naïveté demeurait inchangée. J'étais convaincue de mon ignorance et souffrais terriblement de ce fait d'un complexe d'infériorité. Du moins en avais-je pris conscience, ce qui était un grand progrès !

Je décidai de me forger des armes. J'allais dissimuler ma sensibilité derrière un masque d'indifférence et transformer ma faiblesse en agressivité. Personne ne me reconnaîtrait plus vraiment ! L'univers que j'avais côtoyé ces dernières semaines s'était imposé à mon esprit comme un modèle : loyauté, amitié, respect d'autrui. On m'avait ouvert une fenêtre sur un autre monde, dont je doutais jusqu'alors qu'il pût exister. C'était à moi de m'en montrer digne, de ne pas déchoir. J'avais eu la chance de m'arracher à la fange. Pour rien au monde, je ne voulais y replonger. Restait le problème de mon inculture : à mon âge, me rassurai-je, on est encore capable d'apprendre vite ! Je devais d'abord affirmer ma personnalité, acquérir de l'assurance, rejeter les mauvais souvenirs dans l'oubli.

Alors, seulement, pourrais-je prendre ma revanche !

Forte de ces nouvelles résolutions, la carte d'adhérente du RPF en poche, ainsi que mon brassard et la croix de Lorraine qui m'avait été remise lors du congrès de Marseille, je me présentai au siège du Rassemblement du peuple français du seizième arrondissement, où je devais rencontrer la secrétaire de Louis Vallon, futur ministre de De Gaulle.

Elle me reçut sans façon et, dès mon entrée, fut accessible, chaleureuse. Je lui résumai humblement ma vie, avant de l'assurer de ma volonté de réussir. Mon manque de formation ne m'offrait malheureusement pas beaucoup de débouchés, mais elle me fit tout de même embaucher comme coursière, en attendant de me trouver un point de chute. Je commençai le lendemain.

C'était exactement l'emploi dont j'avais besoin pour apprendre à me débrouiller. Du matin jusqu'au soir, on m'envoyait d'un bout à l'autre de Paris. J'appris à me repérer, à créer des itinéraires. Il n'y avait aucune mesure entre ce travail que j'accomplissais avec plaisir et l'esclavage que j'avais connu. L'ambiance était amicale, bienveillante. Je côtoyais des gens d'un niveau social élevé. C'en était fini des obscénités, du mépris, de la gouaille, de la misère ! Chacun me saluait courtoisement, s'exprimait dans un langage choisi. On m'appelait « mademoiselle » ou bien « Martine », mais gentiment. J'avais retrouvé ma dignité... N'est-ce pas ce à quoi aspire tout être humain ?

La chance, décidément, me souriait. Moins d'une semaine plus tard, je dénichai une chambre meublée sous les toits, dans un immeuble cossu, boulevard Voltaire. Un lit, une chaise, quelques étagères masquées par un rideau de cretonne, un lavabo, composaient l'essentiel de mon mobilier. Ce n'était pas grand-chose, mais j'étais chez moi.

L'été arriva, et Paris ne fut plus qu'une immense fournaise. Je m'étais habituée à vivre en recluse et ma vie sociale se limitait aux gens que je rencontrais pendant la journée. Le soir venu, j'avais hâte de me retrouver seule. Ce fut à cette époque que j'achetai mes premiers livres. Le libraire, au coin de ma rue, se fit une joie de me conseiller dans mes choix. Je lui avouai timidement savoir à peine lire.

Le libraire m'orienta vers un apprentissage progressif, comme une élève douée mais encore trop jeune pour s'attaquer aux « maîtres ».

Sitôt de retour dans ma chambre, je m'enfermais à double tour, mue par un vieux réflexe, et je me jetais sur le lit, pour déchiffrer la vie des autres. Un dictionnaire de cours élémentaire m'aidait dans cette tâche. Mes progrès, pendant cette période, furent stupéfiants...

En septembre, je fus affectée au dépouillement du courrier, pour la campagne du timbre destinée à financer le parti. En raison du nombre de sacs postaux, un des salons de l'hôtel d'Orsay fut transformé en bureau de tri. Lustres de cristal, murs lambrissés, tableaux de maîtres, parquets somptueux composèrent mon décor familier pendant plusieurs semaines. Le premier jour, l'émotion m'étreignit et je faillis éclater en sanglots. J'avais logé dans des taudis, travaillé dans des bars crasseux, dormi à la belle étoile et je me retrouvais soudain dans un univers de luxe, où tout n'était que beauté.

A la fin de la campagne, je repris mon emploi de coursière. Le mauvais temps rendit ma tâche un peu plus pénible, mais comment aurais-je songé à m'en plaindre après ce que j'avais vécu ?

Puis un matin, un de mes compagnons de travail me signala l'existence d'un poste d'apprentie à pourvoir dans une imprimerie.

— Au moins, vous seriez au chaud, ajouta-t-il avec un bon sourire.

Un tel emploi représentait bien davantage, pour moi. Mon travail de coursière était, de l'aveu même de mes employeurs, un pis aller, en attendant de trouver mieux. Je n'y avais aucun avenir. Au contraire, si travailler dans un bureau était un rêve auquel je n'osais croire, c'était l'étape suivante obligatoire pour mon ascension. Le jour même, je me présentais donc à l'imprimerie Déchaux, dans le vingtième arrondissement.

Le peu d'assurance que j'avais acquis ne m'empêcha pas, à peine assise face à la secrétaire, de me mettre à trembler comme une feuille. C'était une jeune femme brune à l'air sévère, affublée d'un chignon vertigineux et de lunettes à monture d'écaille. Elle me posa une multitude de questions d'un ton glacial. Plus l'entretien avançait et plus je balbutiais. A la fin, j'étais couverte de sueur et au bord des larmes. Où m'étais-je aventurée ? Il était évident qu'elle ne voudrait pas de moi... Elle reposa son porte-plume et enleva ses lunettes.

— Très bien ! Vous faites l'affaire... Vous commencez à l'essai, demain matin, à huit heures. N'oubliez pas d'apporter une blouse !

Je la regardai stupidement, incapable de proférer une parole.

— C'est pour un remplacement de six mois, ajouta-t-elle en se redressant pour me signifier que l'entretien était clos.

Je me levai à mon tour, murmurai un remerciement, puis, d'un faux mouvement, je renversai la chaise. L'émotion m'avait fait perdre le contrôle de mes membres. En la relevant, je me cognai si brutalement contre le bureau que je renversai l'encrier. Une horrible tache mauve se répandit sur le sous-main de la secrétaire, qui poussa un petit cri. Je me précipitai pour l'aider tandis qu'armée d'un chiffon elle tentait de limiter les dégâts, mais elle m'arrêta d'un regard meurtrier :

— Merci, mademoiselle. Ça ira comme ça. Présentez-vous demain malgré tout... Et tentez de vous calmer d'ici là !

Une fois dehors, je ne pus m'empêcher de sauter de joie. Moi, Martine, que mes parents avaient toujours traitée de bonne à rien, j'allais travailler dans un bureau !

Le soir, mes compagnons organisèrent une petite fête pour célébrer mon départ. Ils me souhaitèrent bonne chance.

La chance, pensai-je alors, avait du temps à rattraper !

Les premiers jours, je fis surtout acte de présence. La secrétaire au grand chignon, Mlle Déchaux, qui était la nièce du patron, devait m'apprendre le fonctionnement d'un standard à deux lignes desservant trois postes, puis à calculer les fiches de présence des ouvriers. Elle fit preuve d'une patience d'ange à mon égard. J'avais beau me concentrer, mon esprit refusait de comprendre. Le téléphone était encore pour moi un objet presque magique. Quant aux chiffres qu'il fallait aligner, additionner, multiplier, c'était du chinois. Intimidée, honteuse de mon ignorance, je répondais « Oui madame » à tout propos, ce qui finit par l'agacer.

— Cela suffit avec vos « Oui madame »... Et d'abord, appelez-moi mademoiselle !

Cette repartie eut pour effet de me rendre muette. Mais mon silence l'énervait encore plus. Ses explications se terminaient chaque fois par la même question : « Avez-vous compris ? » ce, à quoi je répondais invariablement « Oui mademoiselle », bien que n'ayant strictement rien saisi la plupart du temps. Au bout d'un mois j'en étais toujours au même point, et je dus recommencer ma période d'essai.

J'étais, évidemment, très peu rémunérée. Heureusement, quelque temps plus tard, je trouvai un travail d'appoint, comme vendeuse de journaux à la criée. J'y consacrai mes soirées et mes dimanches. Ainsi je parvins tant bien que mal à boucler mes fins de mois... pour la plus grande satisfaction de ma concierge, dont l'avidité n'avait d'égale que l'aptitude à faire chanter les gens.

Ma chambre était sous-louée, ce qui me mettait en situation irrégulière au regard de la loi. Nous étions nombreux dans ce cas, surtout dans les greniers. La concierge était chargée de récupérer les « enveloppes » pour le compte des locataires et, chaque mois, se livrait cyniquement à la même comédie :

— Vous savez, si j'étais méchante. C'est que ce n'est pas très régulier de sous-louer comme ça. C'est que je suis responsable de l'immeuble, moi, vous comprenez !

Puis, ses doigts se refermaient aussitôt sur un billet, glissé à chaque fois en même temps que l'enveloppe. Elle reprenait, encourageante :

— C'est vrai, ce que je vous dis là. Vous pourriez avoir des histoires si c'était connu...

Satisfaite, elle regagnait alors sa loge minuscule, avec un « pourboire » qui représentait mes gains du week-end, deux jours à arpenter les rues en vendant des journaux !

A l'imprimerie, sans doute à cause de mon incapacité à progresser, je fus affectée au service du cartonnage. Il s'agissait tout simplement de plier des boîtes, tâche à laquelle je me révélai excellente. Douée pour les travaux manuels, j'atteignis rapidement un rendement exceptionnel. Et ce fut ainsi que les ennuis commencèrent...

M. Ollivier, le directeur de l'imprimerie, fut d'abord étonné de voir les piles de carton qui m'étaient affectées diminuer à une telle vitesse. Il commença par me surveiller, puis comprit qu'il avait déniché une perle. Entendez par là une fille assez naïve pour mettre du cœur à l'ouvrage, tout en gagnant des clopinettes... On me donna en exemple et, naturellement, mes collègues me boudèrent. Bientôt, l'usine tout entière me mit à l'index. Un soir, à la sortie de l'imprimerie, la contremaîtresse m'accosta sur le trottoir :

— Dis donc, toi ! Je t'ai à l'œil. A partir de demain, tu suis la cadence que j'ai instaurée, sinon c'est ta fête. Tu as compris ? Tu sais, un accident de massicot est vite arrivé !

Je lui souris, sans comprendre les raisons de sa colère. Elle aurait dû être contente, au contraire, et les autres me remercier de faire leur travail !

— Ce ne sont pas des filles comme toi qui feront la loi ! conclut-elle en pointant vers moi son index menaçant.

Comme d'habitude, je m'étonnai. Je ne voyais aucun mal à ce que chacun travaille à son rythme. Je ne m'occupais pas des autres, moi ! La vie m'avait heureusement appris à me méfier des menaces. Mes parents n'en usaient jamais sans effet... Dès le lendemain, je repris un rythme « normal », tout en me gardant bien de m'approcher du massicot. Quand on me jugea suffisamment soumise, le calme revint dans l'imprimerie, mais bien évidemment, je m'étais mise le directeur et la secrétaire à dos... Je venais d'apprendre l'une des règles essentielles du travail en groupe : il ne faut jamais se faire remarquer par son zèle.

Malgré ces petites tracasseries, les ouvriers avaient bon

cœur et partageaient volontiers leurs gamelles, à l'heure de la pose. J'étais malheureusement trop fière, ou trop timide, ou trop pauvre pour participer à ces repas collectifs. Nous avions une demi-heure pour déjeuner, et je prétextais toujours une promenade pour y échapper. Les jours de pluie, je trouvais refuge dans les latrines à la turque de l'imprimerie, où, en dépit de l'inconfort, je dévorais à pleines dents le maigre en-cas que je m'étais octroyé. Seule. Sans rien devoir à personne !

J'avais presque fini par oublier que mon travail n'était qu'un remplacement. Le jour fatidique arriva. Mlle Déchaux me convoqua dans son bureau, me remercia, m'assura qu'elle était satisfaite, et me remit un certificat de travail en même temps que mon dernier salaire.

Le retour à la réalité fut dur. Je m'étais habituée au confort sécurisant de cette nouvelle vie. Mais j'avais maintenant confiance en ma bonne étoile. La situation n'était pas dramatique puisque mon apprentissage m'avait donné des références. Avec un peu de chance, je trouverais rapidement un autre emploi. J'allais perdre bien vite ces douces illusions.

La période 1949-1950 fut marquée, on s'en souvient peut-être, par une grave crise économique résultant de la mollesse et des hésitations du gouvernement de la IVe République. Le nombre des chômeurs croissait de manière alarmante. Dès le lendemain, je remarquai les interminables files d'attente devant les bureaux d'embauche. Ma journée se solda par trois échecs, après sept heures d'attente sous la pluie. Il en alla de même le surlendemain et les jours suivants. Pour tout arranger, la stupidité de l'administration de l'époque était édifiante : mon certificat de travail mentionnait que j'avais été employée aux écritures ; je ne pouvais en conséquence prétendre à un autre emploi. Une semaine s'écoula, sans entamer mon enthousiasme. Puis, à la fin du mois, je dus me rendre à l'évidence : ma bonne étoile m'avait quelque peu oubliée !

Ce soir-là, ma concierge m'attendait devant sa loge. Je vis dans sa présence un signe de mauvais augure, que ses premières paroles, hélas, vinrent confirmer.

— Vous n'avez toujours pas trouvé de travail, mon petit ? C'est fâcheux... Je crois qu'on ne va pas pouvoir vous garder !

J'étais déjà exténuée, déçue, démoralisée. Ses paroles me mirent un goût de bile dans la bouche.

— C'est que c'est pas facile, grimaça-t-elle. Ni pour vous ni pour moi. C'est déjà pas les gens sans abri qui manquent, même avec un solide emploi, alors...

Je compris où elle voulait en venir. Quelqu'un lui avait sans doute déjà glissé un pot-de-vin pour qu'elle fasse libérer ma chambre. Je fus prise de panique.

— Voyons, madame, j'habite ici depuis presque un an ! Je n'ai jamais eu une journée de retard dans le paiement du loyer. Je ne vous ai jamais oubliée non plus..., ajoutai-je, espérant la mettre dans l'embarras.

Elle pinça les lèvres. Ses yeux se vrillèrent dans les miens.

— C'est vrai. J'ai été trop bonne. J'ai risqué ma place pour vous, vous savez... C'était pas régulier de vous loger dans cet immeuble.

Je sortis un billet. Elle le fit disparaître dans son corsage et retrouva aussitôt son sourire.

— Enfin... vous avez déjà suffisamment d'ennuis, conclut-elle. On va quand même pas vous jeter à la rue !

Du lundi au samedi, le scénario ne variait pas : le matin, je patientais des heures entières pour faire valider ma carte de chômeur au bureau d'aide à l'emploi, puis, l'après-midi, il me restait encore à faire la queue devant les guichets du bureau de placement. Je dépendais de la rue de la Jussienne, dans le deuxième arrondissement. Cela dura des mois. Un samedi sur deux, je devais me présenter à la mairie, pour toucher mon allocation de chômage. Une misérable obole, que se chargeait de distribuer le service d'aide aux indigents. J'y retrouvai mes anciens compagnons d'infortune, les clochards et les mendiants. Bientôt, le découragement m'envahit.

En attendant je ne sais quel miracle, je continuais à vendre des journaux tous les soirs, et le dimanche toute la journée. Ajouté à l'angoisse qui m'empêchait de dormir, ce travail m'affaiblissait terriblement. En quelques semaines, j'avais perdu quinze kilos. J'étais devenue incapable de parcourir un kilomètre sans m'asseoir au moins quelques minutes. Un jour, je m'endormis sur un banc : à mon réveil, les quotidiens avaient disparu.

Puis l'hiver arriva, il fut particulièrement rude cette année-là. Le froid eut raison de ma santé. Je fus prise de quintes de toux, puis de poussées de fièvre. Ma voix s'affaiblit. Bientôt, il me fut impossible de crier. Qui s'intéresse à une marchande de journaux lorsqu'elle ne clame pas les gros titres ? Mes ventes baissèrent. Je n'atteignais plus les quotas. On me remercia...

La misère, ma vieille compagne abandonnée un jour de chance dans une rue de Marseille, avait fini par me retrouver !

Il me restait, comme seule ressource, l'argent du service d'aide, exclusivement réservé à payer mon loyer et le silence de ma concierge. Je préférais encore mourir de faim plutôt que me retrouver sans abri. Pendant une semaine, je me nourris de gros sel, de pain rassis, vendu moins cher, et d'eau. Mon mal empira. La fièvre me donnait des éblouissements. Je me rendis malgré tout chaque matin au bureau de chômage et l'après-midi à celui de placement.

C'était mon seul espoir, il fallait que je m'y accroche.

Un samedi, je rassemblai mes dernières forces pour aller toucher mon allocation à la mairie. En sortant, il me fallut plusieurs minutes pour descendre l'escalier : le sol se dérobait sous moi à chaque marche. Dehors, le froid me saisit, provoquant un étourdissement, tandis qu'un voile noir s'abattait devant mes yeux. Je m'effondrai sur le trottoir et perdis connaissance.

Lorsque je revins à moi, je découvris avec stupeur que j'étais dans mon lit. Ma voisine de palier, une vieille dame que je connaissais à peine, était assise à mon chevet et me tenait la main. Elle m'avait découverte en allant faire ses courses, et deux voisins l'avaient aidée à me remonter chez moi.

— Ma pauvre petite, me dit-elle. Vous avez vraiment mauvaise mine. Et puis, je n'aime pas cette toux. Il faut appeler le docteur...

J'aurais été incapable de payer la consultation, mais trop fière pour le lui dire. Elle resta auprès de moi toute la journée et, malgré ma faiblesse, nous bavardâmes comme de vieilles amies. Avant de me quitter, elle m'apporta un bouillon de légumes. Je n'avais pour ainsi dire rien mangé depuis trois jours.

Pendant la nuit, je fis une ménorragie. Cette fois, je ne pouvais plus échapper à l'hôpital. Ma nouvelle amie insista pour m'accompagner. Elle me laissa dans la salle d'attente, parmi les autres patients, croyant que j'étais en sécurité. Mais une mauvaise surprise m'attendait. Lorsque ce fut enfin mon tour de me présenter au guichet, l'employé secoua la tête :

— Les consultations sont terminées. Revenez demain matin à huit heures. Personne ne peut vous recevoir.

Une serviette glissée entre mes jambes empêchait le sang de couler. Je tenais à peine debout. Comme j'insistais, il rétorqua :

— Si c'est si grave que ça, vous n'avez qu'à demander à votre médecin de vous faire admettre !

Je regrettai d'avoir laissé repartir ma voisine. Elle aurait sans doute trouvé les mots qu'il fallait, alors que je n'avais même plus le courage de protester ! En désespoir de cause, je me laissai tomber sur un banc. L'employé haussa les épaules, puis retourna à ses occupations. Il passa la fin de la matinée suspendu au téléphone, ne s'interrompant que pour accueillir les urgences, les vraies, celles reconnues par l'administration...

A midi, je me trouvais toujours à la même place, au bord de l'évanouissement. Une ambulancière de la Croix-Rouge s'étonna de ma pâleur et s'approcha. D'un seul coup d'œil, elle comprit la gravité de mon état : je baignais dans mon sang. Elle se redressa, folle de rage :

— Cette jeune fille a une hémorragie ! Qu'est-ce que vous attendez pour vous en occuper ?

L'employé daigna à peine lever les yeux sur elle.

— Elle n'a pas suivi la procédure normale. De toute façon, on est débordés !

L'ambulancière tempêta, exigea de parler à un responsable. En vain. L'employé se réfugia derrière le règlement : seuls étaient admis les malades retrouvés sur la voie publique, ou transportés par Police-Secours. Les autres, même moribonds, n'accédaient aux urgences qu'après autorisation du médecin... A court d'arguments, la jeune femme me fit transporter dans son ambulance et me déposa à l'hôpital de la Pitié.

Mais je n'étais pas encore arrivée au bout de mes peines. Il me fallut tout d'abord remplir les formulaires d'admission. Personne ne semblait connaître la procédure à suivre et on m'envoya d'un bureau à un autre, jusqu'à ce qu'une infirmière-chef daigne enfin s'occuper de moi. Elle m'expédia aussitôt dans une salle où un numéro de lit me fut attribué, qui deviendra mon numéro de matricule. Une aide soignante exigea alors que j'enlève mes vêtements, puis me conduisit, nue comme un ver, dans une immense salle de bains et m'ordonna de m'installer dans une baignoire. Des traînées de crasse souillaient les parois en tôle galvanisée, mais cela ne semblait pas l'émouvoir. Elle attrapa un gros morceau de savon et enfila un gant de crin.

— Madame, murmurai-je. Je suis trop fatiguée. J'ai perdu beaucoup de sang...

— Allons, allons, gronda-t-elle. Rien de tel qu'un bon bain pour vous revigorer !

Elle fit couler de l'eau glacée qui, aussitôt, se teinta de rose. L'aide soignante n'y prêta aucune attention. Bête et disciplinée, elle se contentait d'appliquer le règlement.

— Allons, allons ! On me tend son pied !

Je m'exécutai, sans défense, comme toujours. Je me demandais combien de temps il me restait à vivre. Après tout, pensai-je avec ma naïveté habituelle, elle sait ce qu'elle fait. Qui suis-je, pour contredire une infirmière ? Elle se mit à chantonner, tout en frottant énergiquement.

— Et le ventre... et le dos... et les mains...

Une joyeuse nature ! Elle attaquait le dernier couplet d'*Alouette*, celui où la pauvre bestiole se retrouve entièrement déplumée, lorsque, enfin, elle remarqua la couleur de l'eau.

— Dites donc, qu'est-ce qui vous arrive ? Vous pouviez pas me dire que vous aviez vos règles ?

Je bredouillai « hémorragie ». La pièce se mit à danser. Les objets m'apparaissaient à travers une brume. Je tentai de me lever et retombai lourdement, projetant des gerbes d'eau sur le carrelage. L'infirmière n'était plus là pour m'aider. Elle avait compris son erreur et appelait à l'aide dans le couloir.

12
La salle aux cinquante douleurs

Les malades avaient surnommé la salle commune « la salle aux cinquante douleurs ». Je ne me souviens pas d'une atmosphère plus déprimante. Même les bouges, la rue, les services d'aide et leurs employés maussades conservent une lueur d'espoir qui ne demande qu'un souffle d'air, un chant, un sourire, pour se raviver. Ici, seule la souffrance semblait avoir trouvé refuge. Les murs, peints en gris, étaient percés de longues fenêtres aux carreaux si sales que la lumière du jour n'arrivait pas à s'infiltrer jusqu'aux lits. On n'entendait que murmures et gémissements, parfois ponctués de cris étouffés, comme si les occupants des cinquante lits osaient à peine exprimer leur douleur de peur de voir apparaître les infirmières. L'odeur elle-même, mélange de déjection et de désinfectant, semblait porteuse de mort.

On me déposa près de mon lit en chaise roulante. Aussitôt, vingt regards se braquèrent sur moi, intrigués. Hormis la traditionnelle visite matinale, ou le « départ » d'une infortunée, la venue d'une nouvelle était le seul événement capable de rompre la monotonie d'une journée. Les hôpitaux, dans les années cinquante, ressemblaient encore à de vastes mouroirs. Faute de budget, personne n'avait pris la peine de s'intéresser au moral des patients. Nous n'étions, après tout, que des indigents pris en charge par la société, et nous n'avions qu'à nous contenter de notre sort. Les malades mouraient aussi souvent de déprime que du mal qui les avait conduits en salle commune. Quant aux infirmières, mal payées, travaillant dans des conditions épouvantables, elles avaient fini par prendre une mentalité de garde-chiourme. Rares étaient celles qui étaient encore capables d'un sourire ou d'un mot encourageant.

Ma voisine de lit attendit le départ des aides soignantes pour murmurer :

— J'espère que vous ne souffrez pas trop ?

J'étais trop faible pour lui répondre. Elle ajouta :

— Vous avez de la chance. Demain, c'est le grand patron en personne qui fait la visite ! C'est le seul moyen pour qu'on s'occupe de vous, ici !

C'était une vieille femme, toute décharnée, atteinte, je l'appris par la suite, d'un cancer généralisé. Certaine de m'avoir rassurée — « le grand patron en personne » — elle se tourna et reprit, avec l'occupante du lit suivant, une conversation interrompue par mon arrivée.

Je n'arrivais pas à penser. Je me souviens seulement d'avoir tenté d'imaginer à quoi pouvait bien ressembler un grand patron, puis de m'être endormie.

Le « grand patron » fit effectivement une apparition le lendemain, vers midi. C'était un homme d'une cinquantaine d'années, au crâne largement dégarni, plutôt grand de taille, vêtu d'une blouse blanche impeccable, avec d'étranges lunettes en forme de demi-lunes posées sur le bout du nez. Escorté d'une demi-douzaine d'internes et autant d'infirmières, il ressemblait davantage à un politicien pontifiant au milieu de son état-major qu'à un homme de science chargé de notre salut. Dès son entrée, les gémissements redoublèrent. Lui seul était habilité à délivrer les calmants et certaines attendaient sa venue comme celle du Messie. Le groupe se contenta de remonter la salle, numéro après numéro, pour s'arrêter devant chaque lit. Une infirmière brandissait la fiche du malade, le grand patron se livrait à une brève auscultation, ou demandait à l'un de ses étudiants de le faire. Nous n'étions plus alors des malades, mais d'excellents cobayes vivants sur lesquels les médecins en herbe pouvaient s'exercer.

— Et celle-là ? La 48, demanda-t-il en me désignant.
— Arrivée hier, répondit une infirmière.
— Famille ?
— Sans ! dit-elle simplement.
Un jeune interne prit ma fiche et la lut à haute voix.
— Ménorragie. Flux abondant toute la nuit. Insuffisance pondérale. Température : 38°9 en arrivant. Pas d'aspirine, à cause de l'hémorragie. Paracétamol en suppositoires. La fièvre est tombée à 37°7 ce matin.
Le professeur commenta d'une voix sèche :
— Évitez de parler de fièvre : c'est un terme populaire et subjectif. Contentez-vous d'observer les faits. La température de cette patiente est donc descendue en dessous de 38°, grâce au Paracétamol. Pas d'autres symptômes ?
L'interne était devenu rouge jusqu'aux oreilles. Il hocha la tête précipitamment, avant de tendre ma fiche à la surveillante.
— Elle tousse, dit cette dernière.
Le grand patron prit mon pouls puis me fit dénuder jusqu'à la taille et m'ausculta au stéthoscope.
— Anémie, conclut-il. La toux n'est qu'un reste de bronchite. Elle ne devrait pas occuper un lit dans cette salle. Mettez-la chez les convalescentes !
Le groupe s'éloigna. J'étais soulagée, rassurée sur mon cas.

La salle des convalescentes était peinte en vert, mais elle ne m'apportait guère plus de réconfort que la précédente. On y avait entassé les sans-famille, les sans-abri, celles dont on ne savait que faire, et nous étions nombreuses dans ce cas. L'anémie dont je souffrais ne me donnait droit à aucun traitement. J'avais besoin de repos, de chaleur, d'une nourriture saine et équilibrée, ce qui ne fut pas toujours le cas.
Un bon mois s'écoula ainsi. Je passais le plus clair de mon temps à dormir, tant j'étais faible et avais de sommeil à récupérer ! On reconnaissait le dimanche à l'effervescence matinale. C'était le jour de sortie et le seul jour de visite. Les malades s'apprêtaient dès les premières heures, se faisaient belles lorsqu'elles en avaient encore la force. Chacune voulait faire bonne figure devant ses visiteurs.

Seule ma vieille voisine de palier pensa à prendre de mes nouvelles. Elle venait colporter les ragots, passait une heure avec moi, temps chichement imparti par le règlement de l'hôpital. J'entendais à chaque fois son même raisonnement.

— Ne vous en faites pas, me disait-elle invariablement. Vous êtes mieux ici que dehors. Au moins, on vous nourrit. D'ailleurs, je vous trouve meilleure mine que la dernière fois !

Sa quatrième visite fut marquée par la mort tragique de ma voisine de lit. C'était une très jeune fille, atteinte d'anémie comme moi, mais son mal se compliquait d'une grave anorexie. Les infirmières n'arrivaient jamais à lui faire avaler une bouchée et ne la forçaient pas. Totalement neurasthénique, la malheureuse se laissait mourir de faim.

La veille, avant de m'endormir, j'avais cru l'entendre murmurer :

— C'est fini. C'est ma dernière nuit ici... Je le sens.

Sa voix était si faible que j'avais mis ses paroles sur le compte de mon imagination. En la découvrant morte, quelques minutes avant la visite, je compris que je l'avais bien entendue me parler. Et quand bien même, qu'aurais-je pu faire ?... Les infirmières s'empressèrent d'installer le paravent noir et de la recouvrir d'un drap. Seulement alors les visiteurs furent autorisés à entrer. Dans l'après-midi, un interne de garde délivrerait le certificat de décès et elle finirait à la morgue, puisqu'elle n'avait pas de famille. J'étais bouleversée, mais du moins avait-elle choisi son sort. Bouleversée, j'allais l'être encore plus en apprenant les nouvelles que ma voisine venait m'apporter.

Elle se jeta dans mes bras, riant, pleurant tout à la fois.

— J'ai eu tellement peur, me dit-elle. On nous a empêchés d'entrer, mais par la vitre je voyais toute cette activité autour de votre lit... J'ai cru que c'était vous !

Elle jeta un rapide coup d'œil vers le lit de la « 47 », puis m'interrogea du regard.

— Vingt ans..., murmurai-je, la gorge serrée.

Elle souleva le drap, observa longuement la jeune fille dont le visage paraissait maintenant apaisé, puis se signa, avant de soupirer :

— L'enfer, c'est sur cette terre. Je ne vois pas ce que le bon Dieu aurait pu inventer de pire !

Nous marquâmes un long silence, comme si, d'un commun accord, nous avions décidé de nous recueillir. Je remarquai alors son air soucieux. La chère vieille dame semblait hésiter à m'annoncer un drame. Elle se racla plusieurs fois la gorge avant de laisser tomber :

— Vous savez, on vous a mise à la porte, et je n'ai rien pu faire pour l'empêcher... Votre loyer n'était pas payé.

J'avais beau m'y attendre, la nouvelle me fit un choc. La concierge qui, naturellement, détenait mes clés, s'était empressée de trouver un nouveau sous-locataire à faire chanter. Mes affaires avaient atterri sur le palier. Je m'efforçai de retenir mes larmes, mais c'en était trop. La seule idée de me retrouver à la rue me terrifiait. J'éclatai en sanglots.

— Allons, faut pas vous laisser aller, dit la vieille dame en me prenant la main. Ça n'est pas si grave. Je les ai récupérées, vos affaires !

Elle sourit, rassurante, et désigna un sac posé à ses pieds. La pauvre ne savait pas que tout effet personnel nous était interdit en salle commune. Elle paraissait pourtant tellement heureuse de m'avoir rendu service que je gardai pour moi ce détail, et séchai mes larmes, avant de la remercier. Le petit sac de toile jaune contenait l'intégralité de mes biens.

Tranquillisée, elle enchaîna aussitôt sur son passe-temps favori : les ragots du quartier. C'était une incroyable bavarde. En moins d'un quart d'heure, j'en appris plus sur la vie intime de mes anciens voisins qu'après une année passée dans leur entourage. La fille du « docteur du premier » fréquentait un homme marié beaucoup plus âgé qu'elle — « Vous vous rendez compte ? » — Le chat du deuxième était encore monté la voir. Sans parler de la boulangère qui passait son temps à disputer sa nouvelle apprentie, et dont on entendait les hurlements jusque sous les toits, dès cinq heures du matin ! Je l'écoutai par politesse, mais mon esprit était ailleurs. Lâchement, j'enviais la petite « 47 » dont j'ignorais le nom. Elle, au moins, n'avait plus de soucis...

Une phrase m'arracha soudain à mon apathie :

— Quel dommage, quand même… Si au moins, vous pouviez sortir d'ici !

J'étais bien d'accord. Il n'y avait, hélas, rien à faire. Mais le ton de sa voix m'intriguait.

— Non, ce n'est pas dommage, rétorquai-je. De toute façon, je n'ai nulle part où aller !

La vieille dame se trémoussa sur sa chaise. La pauvre était si desséchée qu'il lui fallait habituellement un coussin pour s'asseoir.

— Je disais ça, parce que je sais que vous cherchez du travail. On demande justement une débutante standardiste dans une compagnie maritime, à la Madeleine. Une de mes cousines m'en a parlé. Si seulement vous…

Je fis un bond dans mon lit. Sans lui laisser le temps d'achever sa phrase, je me mis à crier :

— Une débutante ? Mais j'y vais ! Passez-moi vite le sac. Vite ! Vite ! Je vais me sauver.

Elle s'affola, regarda autour d'elle, craignant qu'on m'ait enendue.

— Ce n'est pas possible ! Et puis, où iriez-vous ? Je vous aurais bien logée, mais…

Un sourire malicieux illumina soudain son visage. Elle me tendit le sac.

— Vous avez raison, il faut sortir d'ici… J'ai peut-être même une idée pour vous loger.

Elle me parla d'une de ses amies, une certaine Mme Bayeux, qui lui devait un service et pourrait sans doute me dépanner. Je ne l'écoutais plus. J'étais prête à dormir sous les ponts. Un travail ! Je ne pouvais pas laisser passer ma chance.

Surveillant du coin de l'œil les allées et venues des infirmières, je me débarrassai promptement de la chemise de l'administration, enfilai mes sous-vêtements, passai une robe.

— Vite ! Vite ! m'encourageait-elle, aussi surexcitée que moi. Vite, ma petite fille ! Mettez mon fichu sur la tête, on ne vous reconnaîtra pas. Prenez aussi mon sac… Là, comme cela.

La suite se déroula comme dans un film en accéléré. Je

sautai au pied du lit, murmurai une rapide prière pour l'âme du numéro 47, et me ruai vers la sortie. Mon cœur battait à tout rompre, mais les infirmières s'étaient regroupées dans un coin de la salle et fêtaient bruyamment le départ d'une de leurs patientes. Aucune ne fit attention à moi. Une seule malade avait remarqué mon manège. Au passage, elle me souffla :

— Bonne chance !

Je ne parvenais pas à croire que ce fût si facile. Mais après tout, je n'avais rien fait de mal ; je n'étais pas en prison ! Quelques secondes plus tard, ma voisine sur les talons, je poussais la grande porte vitrée. La surveillante, assise dans son bureau, leva les yeux sur nous, sans me reconnaître.

— Par là, me souffla mon amie. Il vaut mieux prendre cet escalier.

Ce fut encore ma voisine, ma brave complice, qui m'orienta dans le dédale de l'hôpital, trop grand pour être humain. Enfin, nous passâmes un porche, longeâmes une guérite. Je détachai son fichu. Un souffle d'air frais fit voler mes cheveux.

J'étais libre.

Une heure plus tard, je laissais éclater ma joie chez Mme Bayeux. La chaleur de son accueil effaça instantanément le souvenir de la « salle aux cinquante douleurs ».

13
L'apprentissage de la vie

La sonnerie du réveil, enfoui sous l'oreiller de mon hôtesse, m'arracha au sommeil. Je me levai, m'habillai à la hâte, encore étonnée de n'avoir pas subi le tonitruant « Debout là-dedans ! » qui, depuis un mois, marquait le début de mes journées. L'appartement se réduisait en fait à une chambre minuscule sous les toits, pauvrement meublée, et nous avions partagé le même lit, un grand matelas posé sur le sol, dans un coin de la pièce. Mme Bayeux se leva à son tour et prépara le café.

Nous étions le 1er avril 1950. Un coquin rayon de soleil s'infiltrait à travers le carreau de la lucarne, faisant un rai de lumière sur le linoléum, jusqu'à la porte. Nous avions passé une bonne partie de la nuit à bavarder et je me sentais encore tout engourdie. Un rapide coup d'œil au miroir me renvoya l'image d'un visage émacié au teint blafard, d'yeux sans éclat entourés de grands cernes, de lèvres blêmes, encore marquées par l'anémie. Cette vision mit fin à mon optimisme. Comment pouvais-je espérer me faire embaucher alors que je n'avais aucun moyen de masquer mon état de santé ? L'absurdité de mes espoirs m'apparut soudain. Je m'étais enfuie de l'hôpital sur un coup de tête, sans réfléchir. Maintenant, comment allais-je subsister ? Même en supposant un miracle, je ne toucherais pas mon premier salaire avant un mois. Quand pourrais-je dédommager mon hôtesse ?

La voix un peu grinçante de Mme Bayeux m'arracha à mes

sombres pensées, tandis qu'une bonne odeur de café envahissait la chambre.

— Il ne faudrait pas que vous partiez en retard ! Il y a plus d'une heure de métro d'ici à la Madeleine.

C'était une petite femme boulotte, aux yeux pleins de vivacité. Ses cheveux gris tournés en chignon lui faisaient comme un pompon au-dessus de la tête. A soixante-quatorze ans, elle était encore dotée d'une énergie phénoménale et se déclarait capable d'en remontrer à des plus jeunes que moi lorsqu'il était question de travail. Elle avait passé la nuit à me parler de ses huit enfants, de ses vingt-quatre petits-enfants, et du nombre incalculable de ses arrière-petits-enfants, dont elle avait oublié la plupart des prénoms. Petite main dans un atelier de couture pendant soixante-deux ans, son principal grief allait vers ses patrons qui l'avaient mise à la retraite voilà un an et remplacée par une « jeunette ». Lorsque, sans vouloir la flatter, je m'étais étonnée de son formidable allant, elle m'avait rétorqué en ricanant :

— L'action, c'est la vie, mon enfant ! Le travail conserve, regardez-moi ! Et n'écoutez pas tout ce qu'on dit. Les jeunes, aujourd'hui, c'est tous des fainéants !

Elle me tendit une tasse de café, en me fixant d'un regard noir. J'eus l'impression qu'elle avait hâte de me voir partir. Sans doute était-elle aussi inquiète que moi qu'on me refuse la place de standardiste. Bougonne mais généreuse, elle m'avait accueillie surtout pour faire plaisir à son amie. Sa maigre pension ne pourrait assurément pas suffire à nos besoins, à toutes les deux. Tout en buvant mon café, abondamment sucré par ses soins, je me promis de ne pas revenir, à moins d'avoir été engagée...

Mme Bayeux, en bonne Parisienne, avait parfaitement calculé le temps nécessaire au trajet. Il me fallut exactement une heure pour arriver à la Madeleine. Il faisait beau, et les passants, légèrement vêtus, me paraissaient d'une extraordinaire élégance, en comparaison de ma vieille robe fripée. Plantée au beau milieu du trottoir, je relus une dernière fois le plan que m'avait dessiné la vieille dame. « Vous traversez la place puis, en regardant l'immeuble des Chargeurs Réunis, vous prenez la rue qui est juste à droite... » En exécutant ses directives, je parvins devant un immeuble cossu, à la façade grise, en pierre de taille. La porte était encore fermée. J'étais en avance.

Les employés se regroupèrent peu à peu devant l'entrée. Des hommes discutaient entre eux, raides dans leurs vestons et leurs cols empesés, les femmes, coquettement vêtues, se disaient bonjour en s'embrassant sur les deux joues. Aucune d'elles ne ressemblait à l'image que je me faisais d'une débutante. Se pouvait-il que je fusse la seule candidate ? Enfin, la porte s'ouvrit. Prenant mon courage à deux mains, j'emboîtai le pas au dernier arrivé. Nous nous retrouvâmes entassés dans l'ascenseur.

— C'est vous, la nouvelle ? demanda une femme élégante, très maquillée. Vous avez déjà travaillé ?

Percevant l'ironie non feinte dans le ton de sa voix, je répondis par un hochement de tête. Elle détailla mes vêtements avant de jeter un regard entendu à son plus proche voisin.

— Le recrutement, c'est au cinquième, ajouta quelqu'un.

Ils semblaient tous appartenir à une même grande famille, dont je me sentais exclue. L'ascenseur déversa sa cargaison à chaque étage. Au quatrième je me retrouvai seule, de plus en plus intimidée. Enfin la cabine me déposa devant un long couloir, au sol recouvert d'un épais tapis rouge. Il n'y avait qu'une porte à l'étage. Je frappai discrètement et entrai dans une pièce spacieuse, aux murs tendus de tissu beige, somptueusement meublée. Le directeur du personnel, un homme imposant, assis derrière un énorme bureau en acajou, me regarda un instant par-dessus ses lunettes et me dit d'avancer.

— C'est pour la place de standardiste ? Quelle expérience avez-vous ?

Tremblant de tous mes membres, j'esquissai un début de réponse qui s'acheva en ridicule trémolo. Il ôta ses lunettes.

— Pardon ?

— Je... me suis déjà... occupée d'un standard, murmurai-je, plus morte que vive.

— Dans quelle société ?

Il me fallut plusieurs secondes avant de retrouver le nom de l'imprimerie. Puis je lui montrai le certificat. Ma gorge était nouée et je sentais la sueur couler dans mon dos. Il pressa un bouton et une jeune femme apparut.

— C'est bon, dit-il. Faites-lui remplir une fiche d'entrée. On la prend à l'essai !

Je n'en croyais pas mes oreilles. La chance avait voulu que je sois seule, ce matin-là, à me présenter. La secrétaire se dirigea vers la porte de sortie et me fit entrer dans un bureau attenant. Je ne pus m'empêcher d'admirer au passage l'élégance de sa mise. Perchée sur de hauts talons, les jambes gainées de bas fins, moulée dans une jolie robe d'un tissu soyeux et brillant, elle évoluait comme pour une présentation de mode, ses cheveux d'un roux flamboyant flottant au rythme de sa démarche souple et légère. Tout en elle respirait le charme, la grâce. Elle s'installa posément derrière un bureau surchargé de dossiers, en ouvrit un, puis deux, les referma après en avoir extrait plusieurs documents qu'elle posa sur le côté.

— Asseyez-vous, me dit-elle en désignant le fauteuil qui lui faisait face, mais je restai debout.

En sa présence, j'avais l'impression d'être un monstre, un être si disgracieux que je me demandais comment elle pouvait poser le regard sur moi sans grimacer. J'avais à peine osé entrer dans la pièce, et l'idée de devoir remplir une fiche me plongeait dans une terreur insurmontable. On ne m'avait rien demandé de semblable à l'imprimerie Déchaux. Que voulaient-ils savoir ? Et s'ils venaient à apprendre que j'avais fui l'hôpital ?

— Vous ne voulez pas vous asseoir ? Vous préférez écrire debout ? Vous la remplirez plus tard.

Le ton cinglant de la jeune femme me mit au bord des larmes. A cet instant, sans savoir pourquoi, je revis la petite « 47 » sur son lit de mort. Que ne m'étais-je endormie comme elle ! Était-ce par manque de courage, par lassitude, désespoir ? Un rien m'affolait. Tout me désorientait dans l'absolue inexpérience où je me trouvais. La vie me semblait tellement plus compliquée que je ne me l'étais imaginée... Non, décidément, je n'étais pas faite pour vivre comme tout le monde ! Mon enfance anormale m'avait donné un caractère plein de contradictions. Je voulais dompter la vie et, dans le même temps, la détruire.

La secrétaire se leva et m'ordonna de la suivre. Nous descendîmes deux étages à pied.

— Entrez, fit-elle en poussant une porte.

C'était le standard. Une pièce minuscule dans laquelle il faisait une chaleur étouffante. Deux femmes, à moitié nues sous leurs blouses bleues, bataillaient avec les fils et les fiches d'une installation qui m'avait l'air compliqué. L'une d'elles tourna son visage vers moi. Je reconnus la jeune femme trop fardée qui m'avait questionnée dans l'ascenseur.

— Prenez place, me dit-elle en désignant le siège entre elles d'eux.

— Josiane va vous apprendre, jeta la secrétaire avant de s'en aller.

Je regardai autour de moi, encore trop émue pour me sentir heureuse. C'était donc là que j'allais désormais passer mes journées ! La pièce était éclairée au néon. La seule fenêtre avait été condamnée et l'ascenseur passait derrière ses vitres crasseuses. L'ambiance était tellement tendue que la première sonnerie me fit sursauter.

— Allô ? répondit sèchement Josiane. Oui, je vous le passe !

Les murs se mirent à trembler. Un grincement de poulie l'obligea à élever la voix. La cabine venait d'entreprendre son ascension. Cent fois par jour, désormais, la même vibration, jouant sur nos nerfs, m'informerait des allées et venues du personnel.

Ma première journée d'apprentissage se déroula sans incident particulier. On m'affubla d'un casque d'opératrice. Entre deux communications, Josiane me montra le fonctionnement du standard. C'était assez simple, même pour mon esprit obtus. Il suffisait, lorsqu'un voyant s'allumait, d'enfoncer une fiche dans le jack correspondant. A midi, je remplis la fameuse fiche d'entrée, aidée par mes nouvelles collègues.

Le soir, je pus enfin annoncer la formidable nouvelle à Mme Bayeux. Pendant au moins un mois, nous n'avions plus à nous en faire. Je promis de la dédommager dès que j'aurais touché mon premier salaire. La pauvre vieille dame parut soulagée. Sans doute avait-elle passé la journée, dans l'anxiété, à attendre la nouvelle.

Mon nouveau travail s'avéra plus compliqué et infiniment plus pénible que je ne l'avais supposé. Nous partagions, à trois, la charge de vingt-cinq lignes, desservant cent cinquante postes. L'activité de la compagnie nécessitait la présence d'au moins l'une d'entre nous douze heures par jour. Le soir venu, je voyais encore les lumières rouges et vertes clignoter devant mes yeux, jusqu'à me donner la nausée. La difficulté majeure résidait dans mon absence totale de connaissances géographiques. Mais à tout problème existe au moins une solution : je trouvai rapidement un stratagème pour masquer mon inculture. Dès qu'on me demandait une ville de France ou d'ailleurs, je quémandais de ligne en ligne, jusqu'à dénicher une opératrice qui veuille bien enregistrer mon appel tel quel. A elle, ensuite, de se débrouiller. Le procédé était fastidieux, mais payant à force d'obstination. Autre point noir : l'orthographe. La façon dont je consignais les appels sur le registre devint en quelques jours le principal divertissement de mes collègues. J'écrivais « maritime » avec trois *m*, « voyages » avec un *i* et deux *l*, et les noms de villes en phonétique.

Malgré tout, ce métier me plaisait. Privée pendant si longtemps de relations humaines, je pouvais enfin converser, sans pour autant me montrer. Le téléphone était un instrument merveilleux pour reprendre doucement contact avec le monde et vaincre peu à peu ma timidité. J'étais, on s'en doute, la première à mon poste et souvent la dernière à le quitter. Mme Bayeux avait raison d'affirmer que l'action est le meilleur des remèdes. Mon état de santé s'améliora : en deux semaines, j'avais repris du poids et des couleurs.

C'est alors qu'un incident faillit me faire perdre le bénéfice de tous mes efforts. Nous étions vendredi, le jour le plus chargé de la semaine, et le standard était déjà saturé lorsqu'un sous-directeur me demanda de lui passer Marseille. Je n'avais pas la moindre idée du département dans lequel se trouvait cette ville maudite, aussi eus-je recours une fois de plus à mon stratagème. Hélas, aucune opératrice ne voulut me donner le coup de main habituel. Je me débattais depuis plusieurs minutes lorsque ma chef de service, excédée, intervint auprès de mon correspondant :

— Voulez-vous, s'il vous plaît, indiquer à ma nouvelle recrue le département de Marseille ? Elle perdra moins de temps à supplier les opératrices des PTT !

Ainsi, ma ruse avait été découverte. Ma chef arracha rageusement la fiche du jack en me criant :

— Allez, mademoiselle, reprenez la ligne ! Monsieur va vous apprendre la géographie. Vous en avez besoin. Et si ce n'était que de cela !

Un rire fusa dans l'écouteur : le jeune sous-directeur, habituellement si aimable, se moquait-il ouvertement de moi ? Pour ajouter à ma honte, ma chef intercepta la communication en duplex et se mit à vitupérer sur mon incompétence. J'étais une bonne à rien, une incapable, la source de tous leurs ennuis : il fallait en finir ! Elle allait d'ailleurs en référer à la direction.

Contre toute attente, le sous-directeur prit ma défense, puis m'expliqua gentiment que Marseille dépendait des Bouches-du-Rhône et me suggéra de l'appeler si j'avais d'autres difficultés.

— L'amabilité au téléphone est une qualité rare, pour qu'on vous pardonne vos difficultés avec la géographie !

Deux semaines plus tard, j'étais convoquée dans le bureau de la secrétaire, au cinquième étage. Elle me remit mon salaire et m'annonça avec un sourire que ma période d'essai avait été concluante. J'étais auxiliaire officiellement. Dans un an, si la chance voulait bien me favoriser encore un peu, je passerais titulaire.

« Un an, c'est loin », pensai-je. Mais en attendant, j'avais gagné !

Le soir-même, je remettais fièrement l'intégralité de mon

salaire à Mme Bayeux. L'honnête femme m'en rendit les trois quarts, s'estimant déjà largement remboursée.

Son amie, mon ex-voisine, que je n'avais pas revue depuis un mois, était venue prendre de mes nouvelles. C'est ainsi que toutes les trois nous fîmes une fête comme la petite chambre sous les toits n'en avait jamais vue !

S'il est vrai que le malheur et la misère laissent au fond des âmes des traces indélébiles, la vie est heureusement plus puissante que les plus cruels souvenirs. Je savais depuis longtemps que rien ne m'était dû. Lorsque la chance daignait me sourire, c'était seulement pour me sortir de l'ornière. A moi, ensuite, de reprendre la route et de poursuivre mon combat. La nature m'avait dotée de bien peu d'atouts, mais je devais la remercier de m'avoir faite résistante, volontaire et fière.

Lassée d'entendre les mêmes railleries à longueur de journée dans la bouche de mes collègues, je m'attelai donc à combler mes lacunes. Mes premières dépenses furent consacrées à l'achat d'un livre de grammaire et d'un manuel de géographie. Pendant des mois, ma seule détente après quarante-huit heures par semaine de travail acharné, consista, le dimanche, en une petite promenade autour du pâté de maisons, avec dans la tête la même rengaine : « Paris, capitale de la France, dans le département de la Seine ; Lyon dans le département du Rhône ; Nice dans les Alpes-Maritimes... Maritime s'écrit m.a.r.i.t.i.m.e. »

Ma ténacité et l'exemplarité de mon travail finirent par l'emporter sur la mesquinerie. Mes progrès étonnèrent même ma chef de service qui, un jour, me fit remarquer :

— Dites donc, Martine, vous suivez des cours du soir ou vous vous faites aider ? Je n'ai relevé aucune faute dans le registre, hier !

Tout le monde me connaissait, désormais, et commençait même à m'apprécier. Je le percevais aux intonations aimables de mes interlocuteurs, au bonjour chaleureux qui amorçait leur premier appel, aux sourires, surtout, dont chacun me gratifiait le matin, dans l'ascenseur. Toutes ces petites attentions me réchauffaient le cœur. Quiconque a été sevré d'amour s'attache à ce genre de détails. Je voulus même leur prouver ma reconnaissance.

« L'amabilité est une qualité rare... » Cette réflexion, émise quelques mois plus tôt par le jeune sous-directeur, n'avait cessé de me hanter. Le métier de standardiste, à cette époque, ne s'encombrait d'aucune fioriture. On répondait « oui », ou « allô », il fallait avant tout se montrer efficace. Mais cette façon brusque, impersonnelle, me déplaisait. Un matin, je décidai de rompre avec la tradition. Dès la première sonnerie, je rassemblai tout mon courage avant de lancer, d'une voix mélodieuse :

— Bonjour ! Les Chargeurs Réunis, j'écoute !

Ma chef faillit en avaler son micro. Par une petite phrase toute simple, je venais de rompre les habitudes. Cela ne m'avait pourtant demandé aucun effort. Au contraire ! La chaleur d'un accueil plaisant est toujours communicative, je n'avais donc qu'avantages à en retirer. De ce jour, grognements et monosyllabes furent bannis de mon poste. La nouvelle se répandit comme une traînée de poudre. Je ne me serais jamais crue capable de faire tant de vagues. A la fin du mois, une note de la direction exigea le même effort de la part des autres standardistes. Je la reçus comme une consécration...

C'était pourtant manquer de psychologie ! Il faut croire que mon expérience de manutentionnaire trop zélée à l'imprimerie Déchaux ne m'avait pas servi de leçon. J'espérais avoir rehaussé mon prestige. La note eut exactement l'effet contraire.

— Comme si on n'avait pas assez de travail ! glapit ma chef de service. Tout ça, pour vous faire remarquer...

Une « petite jeune », une débutante, avait osé prendre une telle initiative. L'atmosphère, déjà tendue, se transforma en guerre froide. Les menaces s'ajoutèrent aux brimades et aux moqueries. Pendant des semaines, j'allais affronter la colère des « anciennes », leur silence ponctué de remarques blessantes, leurs décisions arbitraires à l'heure de distribution des corvées. Elles s'étaient mis en tête de m'obliger à donner ma démission et firent en sorte de me rendre la vie intenable.

Mais la vie, justement, m'avait habituée à ce genre de traitements. Je laissai passer l'orage.

Mon travail, par le soin méticuleux que j'y apportais, était devenu mon meilleur défenseur.

Un autre événement allait bientôt changer mon existence. Fin septembre, je dénichai enfin une chambre sous les combles d'un vieil immeuble, rue du Faubourg-Saint-Antoine. Je quittai donc Mme Bayeux, qui apprit mon départ avec soulagement. L'exiguïté de son logement avait fini par rendre notre cohabitation insupportable. Ma nouvelle chambre était un taudis, sans eau, ni chauffage, ni électricité, mais qu'importe. J'étais de nouveau chez moi !

Les premières nuits, je dormis à même le sol, n'ayant pas encore les moyens de m'offrir un lit. Puis, petit à petit, j'aménageai mon grenier. J'avais au moins la chance de savoir bricoler. Un bon coup de peinture effaça l'aspect délabré des murs. Des planches, ramassées sur un chantier, me firent un lit et des étagères. Je fis installer un compteur électrique. C'était peu, mais c'était en même temps beaucoup.

Quelques mois plus tard, enfin titulaire de mon poste, je pris même le risque de m'endetter en signant toute une série de traites pour acheter des meubles. Restait à résoudre le problème du chauffage. J'avais passé l'hiver avec, pour seule source de chaleur, une casserole dans laquelle je brûlais de l'alcool éthylique. L'arrivée du printemps me fit remettre à l'automne l'achat d'un poêle. Et puis l'hiver fut doux, alors que les traites continuaient de peser lourd sur mon budget. Je remis donc à l'année suivante cet achat pourtant indispensable. Était-ce une prémonition ? J'allais, quatre ans plus tard, presque payer de ma vie l'accession à ce tout petit confort...

En attendant, « l'orpheline » vivait une expérience passionnante. Elle se métamorphosait en être humain à part entière.

14
Le gouffre

Au mois d'août 1955, pour la première fois, je décidai de partir en vacances. Où ? Je ne le savais pas encore. J'entendais la plupart des gens vanter les bienfaits de la mer, du soleil, et je voulais connaître ces joies à mon tour. Cette année-là, tous mes collègues partaient en Espagne ou en revenaient. L'engouement pour la patrie du flamenco en était à ses débuts, et les prix pratiqués dans ce pays me permettaient de rêver.

A quelques jours du départ, je dénichai un scooter d'occasion, dont l'état expliquait le prix ridiculement bas. C'était la grande vogue de l'époque ; de nombreux jeunes gens se promenaient, visage détendu et cheveux au vent, sur ces drôles de machines. Pourquoi pas moi ? Je savais monter à bicyclette, le scooter ne me paraissait guère plus compliqué...

De l'Espagne je voulais tout connaître, pour surprendre mes collègues à mon retour. Je souhaitais devenir comme tout le monde, avoir quelque chose à raconter. Comme je ne savais pas inventer, il me fallait du concret. Mes petits succès avaient modifié ma personnalité, renforcé mon amour-propre. Rien ne me semblait impossible.

Après une nuit de train, je retrouvai mon scooter que j'avais fait transporter à quelques kilomètres de la frontière. J'enfourchai fièrement mon engin, les vacances commençaient... Mais je déchantai vite. Un scooter n'est pas une bicyclette !

Je ne sais plus combien d'heures il me fallut pour passer

la frontière, au col du Perthus, mais je me rappelle avec quelle fierté je brandis mon passeport. J'étais entrée en Espagne, un pays étranger... Un rêve qui m'aurait paru irréalisable trois ans plus tôt.

Vers minuit, j'arrivai à Barcelone. C'était vraiment le début du tourisme en Espagne, et je fus reçue comme une reine. Mon statut de *turista*, de Française, donc de porteuse de devises, me donna droit à des égards auxquels je ne m'attendais pas. Lorsque le portier de l'hôtel voulut prendre ma valise, je m'accrochai fermement à sa poignée, croyant qu'il voulait la voler ! Dans la chambre, je trouvai des savonnettes et du parfum, dont je bourrai mes bagages, le tout pour l'équivalent d'une misérable demi-journée de salaire. J'étais au paradis.

Je repris ma route le lendemain. J'avais décidé de parcourir au moins mille kilomètres ! C'est ainsi que, successivement, je découvris Valence, ville charmante, gaie, avec sa halle de la soie, si curieuse à visiter. Puis Alicante, avant de traverser des hectares de vignes, d'oliviers, de grenadiers jusqu'à Carthagène. Là, je laissai la Costa del Sol et ses palmiers pour remonter vers Grenade. Les jardins de l'Alhambra me stupéfièrent par leur splendeur. Je n'avais jamais rien vu d'aussi beau ! Mais je voulais aller plus loin, encore plus loin. Je repris la côte jusqu'à Malaga, puis Gibraltar, où je ne manquais pas de faire viser mon passeport.

J'avais fini par maîtriser totalement mon scooter. Les senteurs de l'Espagne m'enivraient. Le soleil, écrasant, dorait ma peau, éclaircissait mes cheveux. Jamais je ne m'étais sentie aussi belle, aussi sûre de moi. Tour à tour, je connus Cadix, Séville, Cordoue. La sécheresse me permit de traverser la rivière Guadalquivir à pied sec. A Cordoue, je visitai la mosquée-cathédrale, sanctuaire aussi vaste que La Mecque, au dire des habitants du cru. Je me souviens de cette sensation de mystérieuse puissance que j'éprouvai en entrant dans le lieu saint, et aussi de l'impression d'écrasement, à mesure que mes pas m'entraînaient dans cette véritable forêt d'un millier de colonnes de marbre qui soutiennent deux étages d'arcs.

Puis il fut temps de rebrousser chemin. Une halte à

Madrid, une visite au musée du Prado et, fin août, je repassai la frontière.

Le mois s'était écoulé dans une euphorie permanente. Je regagnai Paris, à la fois bouleversée et métamorphosée. En définitive, j'avais effectué deux mille cinq cents kilomètres en scooter, et j'avais des souvenirs plein la tête. Il existait donc de la joie, de la beauté en ce monde. La vie n'était pas faite uniquement d'écueils et de douleurs à surmonter !

Forte de ces nouvelles certitudes, mue par un enthousiasme tout neuf, je décidai, à la mi-octobre, de m'octroyer le confort auquel j'estimais avoir droit. Au diable les économies ! L'hiver 1955 allait en effet être le cinquième sous mon toit. Je le souhaitais aussi chaud que l'été, aussi doux que l'accueil andalou. Je fis l'acquisition d'un poêle à mazout, le plus beau modèle que je trouvai.

Le drame qui suivit allait me convaincre à jamais que j'étais maudite.

« Confort, économie, propreté », proclamait la brochure. Le poêle, livré et installé dans l'après-midi, ronronnait dans un coin de la pièce. Il faisait chaud. J'étais bien. Je m'étais installée sur mon lit, vêtue seulement d'un slip et d'un soutien-gorge, pour profiter pleinement de ce nouveau confort. De jolies flammes rouges, bleues dansaient, projetant des ombres sur le mur et sur la porte. C'était ma première soirée « civilisée » et mes pensées s'envolaient vers un avenir plein de promesses. Je revivais l'Espagne, j'imaginais déjà d'autres voyages, l'Italie, peut-être, l'été prochain. Perdue dans mes rêveries, je glissai insensiblement dans une douce langueur, proche du sommeil...

Un grondement sourd m'arracha à ma torpeur. J'eus à peine le temps de me redresser. Je me sentis soulevée de mon lit, tandis qu'un bruit d'explosion me déchirait les tympans. Le matelas amortit heureusement ma chute. Le couvercle du poêle, transformé en projectile, me cingla cruellement l'épaule. En un instant, la chambre fut envahie d'un brouillard noir, poisseux, irrespirable. L'unique ampoule suspendue au plafond n'arrivait pas à percer cette opacité nauséabonde. J'étais sonnée et une nouvelle terreur s'empara de moi. Le mazout continuait de brûler dangereusement dans l'appareil chauffé au rouge, sans que je puisse arrêter son débit inexorable. La suie tourbillonnait dans la pièce, avant d'être aspirée par la fenêtre, arrachée de ses gonds par la déflagration. Paralysée par la peur, abasourdie, je ne savais plus que faire. J'étais convaincue qu'une seconde explosion détruirait tout, moi y compris, mais je restai inerte, incapable de réagir. Je crois même l'avoir souhaitée, espérée comme la seule issue possible.

Enfin, le grondement alarmant se tut, les flammes s'éteignirent, faute de combustible. La suie avait terminé sa folle danse macabre. Je me levai et constatai tristement les dégâts.

Ma blessure à l'épaule était superficielle. Un peu de sang coulait encore, mais ce n'était qu'une éraflure. Rien, par contre, n'avait été épargné dans la pièce où je vivais. Un épais tapis de suie recouvrait le sol, mes meubles, mes vêtements, mes livres. Le mur, derrière le poêle, était lézardé jusqu'au plafond. Je n'osais plus bouger. La suie voletait au moindre de mes gestes pour se poser ailleurs ; elle était partout, aucun recoin n'avait été épargné. Soudain, j'entendis frapper à ma porte. La voix hargneuse d'un homme, un voisin, m'arracha à mon hébétude :

— C'était quoi, ce boucan ? Vous faites quoi dans cette piaule ? Pas moyen de dormir en paix dans cette fichue baraque !

Sans répondre, je me laissai tomber à genoux sur le sol. Un rire convulsif, douloureux, me secoua tout entière. C'était un comble ! J'avais dérangé « monsieur » ! Le voisin, croyant que je me moquais de lui, se mit à tambouriner contre la porte, hurlant de plus belle. Je voulus lui ouvrir, mais j'en fus incapable.

Mon rire s'était transformé en sanglots...

Je passai la nuit dans le froid glacial, dans la suie et les gravats, totalement abattue, incapable de faire face aux événements. A l'aube, j'entrepris tant bien que mal de faire un brin de toilette et de nettoyer une de mes robes. Il était temps de me rendre à mon travail.

Après ce drame inattendu, j'espérais naïvement trouver un peu de réconfort auprès de mes collègues. Quelqu'un m'aiderait sans doute à remplir les formalités, m'expliquerait ce que je devais faire, qui appeler, à qui demander d'intervenir. Sur les conseils de la concierge, je fis un détour par le commissariat, qui m'envoya à la caserne des pompiers pour l'établissement du constat, ce qui me mit en retard. Cheveux défaits, les yeux cernés, noire de suie malgré tous mes efforts, je devais faire peine à voir. Pourtant, lorsque enfin j'arrivai au bureau, ma chef de service m'accueillit comme une furie :

— Où étiez-vous passée, mademoiselle ? Vous avez plus de deux heures de retard !

J'allais m'expliquer, lorsqu'elle remarqua dans quel état je me trouvais. Ses yeux s'écarquillèrent.

— Qu'est-ce qui vous prend de vous présenter ainsi ? Pas la peine de nous raconter ce que vous faites de vos nuits ! On sait... Vous n'êtes qu'une fille de joie. Une putain de bas étage. Il n'y a qu'à voir votre accoutrement...

La stupéfaction me figea. Cinq années n'avaient pas suffi à lui faire oublier sa rancune. Elle s'était juré de m'avoir à la moindre incartade et profitait aujourd'hui de mon retard, mon premier faux pas, pour m'accabler, au mépris de l'évidence. Sa colère, trop longtemps contenue, se déversa sur moi comme une trombe. Elle prit sa collègue à témoin :

— Non, mais ! Vous avez vu ça ? Et ça se croit tout permis, ça joue les lèche-culs, ça traîne derrière les bottes du patron. Cinq ans qu'elle nous joue les saintes nitouches ! Et puis, c'est votre mac qui vous a battue ?

Sa hargne me rendait muette. L'humiliation et la méchanceté m'avaient toujours paralysée. Je n'avais plus de larmes, plus de mots pour me défendre. Je n'avais plus qu'un seul recours.

Je la giflai.

Plus tard, bien plus tard, après l'intervention du directeur du personnel, je pus enfin m'expliquer. Compatissant, celui-ci offrit d'appeler ma compagnie d'assurance. Je secouai la tête, penaude. Je ne savais pas qu'il fallait être assuré !

Ce fut le début d'un long parcours, encore plus pénible que tout ce que j'avais vécu jusqu'alors. Ma gifle avait été reçue comme une déclaration de guerre. Loin de s'excuser, ma chef de service reprit ses brimades. « Mademoiselle Boum » devint mon sobriquet. J'entendis si souvent raconter l'histoire du « poil à ma zoute » que j'avais perdu, qu'à la fin j'éclatais de rire à chaque fois, sans pouvoir m'arrêter.

Sachant que je n'étais pas personnellement assurée, un ami me conseilla de me retourner contre le propriétaire. Sa compagnie d'assurances prit le relais. Les expertises et contre-expertises se succédèrent pendant des mois. Les travaux allaient me coûter une fortune, près d'une année de salaire, sans compter qu'aucun de mes effets personnels ne me serait remboursé. J'attendis donc le compte rendu des experts en campant dans mon grenier, redevenu un taudis. Plusieurs semaines de ménage intensif ne vinrent pas à bout de la suie. J'en perdis le sommeil.

Enfin, la compagnie d'assurances fit connaître sa décision. « Responsabilités partagées » : moitié pour le propriétaire, en raison de l'insalubrité des lieux au moment de la location, moitié pour moi, coupable de n'avoir pas fait appel à un technicien qualifié avant la mise en service de l'appareil.

Il me restait mes meubles. Je les revendis pour payer ma quote-part de l'expertise. Quant à l'entrepreneur chargé des travaux, il accepta de me faire crédit puisque j'étais titulaire dans une maison sûre. Un tiers de mon salaire serait désormais prélevé chaque mois, jusqu'au remboursement total de ma dette.

Les travaux commencèrent le lendemain. Nous étions à la fin du mois de décembre. Chaque matin, avant de partir pour le bureau, je sortais le sommier et le matelas sur le palier ; tout ce qui me restait à présent ; et je les rentrais le soir dans le chantier. Les ouvriers n'étaient pas pressés et se fichaient totalement de savoir que, la nuit, je dormais au milieu des échafaudages, dans les odeurs de plâtre, de peinture et de suie.

J'avais, bien sûr, mon travail, et ainsi l'espoir de pouvoir me redresser, mais ma chef jubilait de me voir abattue et décida de m'achever. Les brimades prirent la forme de rapports ponctuels, souvent mensongers, qu'elle déposait sur le bureau du directeur du personnel dans l'espoir de me voir recevoir un blâme ou, mieux, de me faire renvoyer. Je dormais si mal qu'il m'arrivait de plus en plus souvent d'arriver en retard. Mes minutes d'absence, selon le règlement, furent décomptées en heures.

Un malheur n'arrive jamais seul. Les ouvriers interrompirent les travaux sans raison pendant deux semaines, abandonnant leurs échafaudages et des pots de peinture ouverts. Un soir, avant de quitter le bureau, ma chef m'annonça qu'elle m'avait fait convoquer pour le lendemain par le responsable du personnel.

— Nous verrons bien, ajouta-t-elle d'un air victorieux, qui de vous ou de moi l'emportera dans ce service !

C'en était trop. J'étais abattue, persuadée qu'elle était parvenue à ses fins. Demain, me dis-je, je n'aurai plus de travail.

En rentrant chez moi, je vis l'ombre maléfique de la misère redéployer ses ailes. Un matelas. Des échafaudages. De la suie. Un grand trou dans le mur. Les vitres brisées remplacées par des journaux. Demain, sans emploi... Je sus que je ne pourrais pas le supporter. Avoir fait tant de concessions, m'être donné tant de mal pour me retrouver à la rue, sans un sou, sans espoir !... Non. Il fallait en finir.

Le médecin du travail, auquel j'avais confié mes insomnies, m'avait prescrit du Gardénal. Le flacon était intact. Je remplis un grand verre d'eau, m'allongeai puis, lentement, en les faisant passer à l'aide de petites gorgées, j'avalai un à un tous les cachets.

Enfin, les yeux fermés, j'essayai de me rappeler des moments heureux qui avaient jalonné ma vie.

Maman Cathy, ma chère nourrice, à l'affection de laquelle mes parents m'avaient arrachée dès l'âge de quatre ans. Je ne l'avais jamais revue... Julien. Son sourire. Ses belles promesses. Sa traîtrise... Marie-Hélène, et la petite Dominique. Que devenaient-elles ? Cela faisait si longtemps... Mes amis marseillais, colleurs d'affiches. L'Andalousie. Instants furtifs, moments trop brefs. Le bonheur ne pesait rien, ou presque rien, comparé à la douleur qui maintenant s'estompait et faisait place à la langueur, à l'oubli…

J'ouvris les yeux une dernière fois. Les murs de ma chambre semblaient s'éloigner. Les bruits de la rue me parvenaient déformés, comme filtrés à travers du coton. Mon corps me semblait léger. Je ne sentais plus le contact du drap. Je glissais… glissais…

Non. Il n'y avait vraiment rien à regretter.

15
La morte vivante

— Yévou... yévou...

Les mots, dénués de sens, se répétaient à l'infini. C'était à peine un murmure qui effleurait ma conscience, au milieu d'autres bruits encore plus confus. Des claquements, des pas, un roulement, et puis encore :

— Yévou... yévou...

J'étais si bien. Que me voulait-on ? Pourquoi m'arracher au sommeil ? Ne comprenaient-ils donc pas que j'avais besoin de repos ! Dormir, dormir encore, jusqu'à la fin des temps. Une odeur puissante m'envahit jusqu'au cerveau. Les mots reprirent leur signification :

— Réveillez-vous... Réveillez-vous !

Je sentis un contact contre ma joue, un doigt souleva ma paupière, une lumière vive brûla ma pupille.

— Ça y est, entendis-je. Elle est réveillée !

A demi aveuglée, j'aperçus des silhouettes qui s'agitaient, d'abord floues, puis plus précises. Un homme, vêtu d'une blouse blanche, était penché sur moi. Je sentis une vive douleur dans la hanche, suivie d'une brûlure dans les membres, puis dans le corps entier. Au-delà de la douleur naquit une effroyable certitude... J'étais donc revenue à la vie ! Je dodelinai de la tête, ouvris la bouche, tentai de hurler, mais seul un gémissement s'échappa de ma gorge.

— Du calme, intervint le médecin. Tout va bien. On vous a sauvée.

Deux autres visages se penchèrent sur moi, souriants, satisfaits. J'apprendrai par la suite qu'il leur avait fallu soixante heures pour arriver à ce résultat : rendre la vie à quelqu'un qui n'en voulait plus. Mais le pire restait à découvrir. Voulant échapper à la douleur, j'essayai de me gratter, de me frotter. Mes efforts restèrent vains. Dans un premier temps, je crus que l'on m'avait attachée. Puis une vague de terreur me submergea. Mes pieds, dont j'apercevais la forme sous le drap, refusaient de répondre à mes ordres. J'étais libre de mes mouvements, mais incapable de commander mes muscles.

Faute de pouvoir m'exprimer autrement, mes larmes se mirent à couler, en réponse aux questions du médecin.

Dans ma tentative d'autodestruction, je m'étais contentée d'anéantir mon dernier bien. J'étais non seulement paralysée, mais complètement muette. Un légume. Une conscience brûlée par le regret, mais le regret de quoi ?

— Des chances qu'elle s'en remette ? entendis-je dans le brouhaha.

— Une chance sur cinq, peut-être... Tout dépend de sa volonté !

La drogue, devrais-je bientôt apprendre en termes durement techniques, avait endommagé mon système neurovégétatif. Alors, comme si le ciel voulait enfin prendre part à ma souffrance, une immense fatigue s'empara de moi. Je sombrai avec bonheur dans l'inconscience. Je retrouvai mon havre de paix.

Le lendemain — ou peut-être le jour même — j'entrouvris de nouveau les paupières, un voile devant les yeux. Hélas ! J'étais bien de retour. Une femme en blouse blanche souleva mon drap, approcha une seringue de ma hanche. Je ressentis la même douleur cuisante. Le feu, bientôt, se répandit dans tout mon corps.

Qu'avaient dit les médecins ? Que je resterais paralysée, que je ne pourrais plus jamais m'exprimer ? Un sentiment de révolte m'envahit. J'avais choisi la mort, sans contrainte ni remords. De quel droit pouvait-on obliger un être humain à vivre, s'il ne le supportait plus ? Pourquoi conserver un ectoplasme, à jamais inutile, si tel était le prix à payer pour le rendre au monde ? Tandis que le liquide se répandait dans mes veines comme un acide, provoquant l'irrésistible besoin de me gratter, ce qui m'était impossible, je maudissais les médecins, leur science, leur vanité.

Je ressassais ma rancœur d'exister, lorsqu'une autre infirmière, petite, malingre, portant des lunettes, s'approcha de mon lit, munie d'une cuvette. J'aurais voulu qu'elle me frictionne, puis qu'elle me rafraîchisse, mais comment lui dire, puisque je ne pouvais plus parler ? Elle se contenta de passer un gant sur mon corps, ajoutant à mon désespoir l'humiliation d'une visite en règle de mes recoins les plus intimes. A la fin, dans sa hâte de me quitter, elle omit de ramener le drap sur moi et je restai ainsi, inerte et nue, jusqu'à ce que ma voisine de lit, compatissante, me recouvrît.

En attendant je ne sais quel miracle, je tentai alors de rassembler mes souvenirs. En vain. Mon cerveau s'emballait, laissait défiler les images sans fil conducteur, puis calait. Le choc et les drogues répétées avaient anéanti ma mémoire.

J'étais incapable de diriger mes pensées.

Des journées, des semaines s'écoulèrent ainsi. Piqûre le matin : douleur. Toilette : humiliation. Solitude : angoisse. Auscultation : incompréhension.

Chaque après-midi, une fille de salle faisait son entrée, les bras chargés de balais, de seaux, de serviettes. Elle s'asseyait sur le bord de mon lit et me regardait longuement, d'un air infiniment triste. Parfois, elle me prenait la main. C'était une jolie et jeune métisse. Mon regard devait en dire plus long que les mots car jamais elle ne prononça une phrase. Elle restait ainsi plusieurs minutes, puis remontait mon oreiller, me bordait, avant de retourner à ses occupations.

— C'est une gentille fille, entendis-je plusieurs fois murmurer ma voisine de lit.

J'appris par la suite que la malheureuse était muette, comme moi. Mais destinée à le rester...

Le samedi était jour de grande visite. De même qu'à la Pitié, et sans doute dans tous les hôpitaux, le « patron » faisait une courte apparition, au milieu d'un groupe d'internes.

J'étais, semblait-il, un « cas intéressant », car le maître et ses élèves me consacraient chaque fois beaucoup de leur temps. Cela devint une sorte de rituel.

— Incitation des réflexes ! annonçait un interne en se penchant sur moi, muni d'un petit marteau rond.

Il tentait alors d'éveiller mes réactions moteurs par de petits coups brefs sur la joue, le poignet, le coude, la rotule, le talon, attentif au moindre signe encourageant. Je l'observais, muette, remplie d'espoir jusqu'à la conclusion, toujours la même :

— Rien. Aucune tonicité !

Je lisais le verdict dans leurs regards : après trois semaines, ma paralysie semblait irréversible. Alors mes larmes coulaient. Personne ne prit jamais la peine de me consoler, ou seulement de m'encourager. Ils se contentaient de soigner un corps, de le maintenir en vie, sans se soucier des petits drames qui, par leur enchaînement, avaient conduit un être humain à commettre un acte aussi grave. Je ne me souviens pas que l'on m'ait une seule fois adressé la parole. Mes clignements de paupières leur auraient pourtant répondu... Pourquoi n'entendaient-ils pas mes prières ? Comment leur faire comprendre que je ne désirais plus vivre, qu'ils me torturaient ?

Invariablement, les médecins se livraient à un dernier conciliabule, échange de conclusions dont l'intonation, plus que des mots, trahissait leur impuissance, puis ils s'éloignaient. Près du lit suivant, le même manège recommençait.

« Je ne pourrai plus jamais marcher, parler, ni même bouger les bras ! Je suis une loque, condamnée à vivre... »

Chaque matin, je m'éveillais avec cette pensée. Que dire de plus ? Pourtant, pour effroyable qu'il fût, mon état physique me semblait moins atroce que mon amnésie. Que sommes-nous sinon une accumulation de souvenirs ? Mon passé était une sorte de brume, d'où émergeait parfois un visage vaguement familier. Les noms m'échappaient. Les scènes revenaient par flashes, comme dans un rêve, sans cohérence ni ordre chronologique. Pourquoi avais-je tenté de mourir ? Je n'avais que des images, des faces grimaçantes, j'entendais une explosion, des sonneries de téléphone, mon estomac se contractait... Aussitôt après, c'était le noir. Ne restait que l'aigreur, comme une douleur lancinante dont le corps refuse de dévoiler l'origine.

Plusieurs semaines s'écoulèrent, dont je perdis le cours. Ma voisine de lit était partie. D'autres lui avaient succédé. Les journées étaient toutes semblables, interminables. Vers midi, le roulement d'un chariot, ponctué de cris joyeux, annonçait l'arrivée des « gamelles ». Pour beaucoup, c'était le moment le plus important, l'occasion de rompre avec l'ennui.

— Ça sent bon, aujourd'hui. On dirait du lapin !

— Moi je le fais toujours avec du vin.

— Moi, je le préfère avec des pruneaux...

Les plus vaillantes se redressaient dans leur lit. Une aide soignante s'asseyait à côté de moi pour me nourrir, comme un bébé. Les conversations allaient bon train, jusqu'à la dernière bouchée. Puis, chacune retombait dans l'apathie. Il ne restait plus qu'à attendre le soir, la dernière tournée. Ensuite, les calmants nous aidaient à dormir.

Enfin, je retrouvais la paix.

Parfois, nous recevions la visite d'un groupe de dames patronnesses. Des vieilles filles, qui rompaient la monotonie de leur existence en se penchant sur la misère d'autrui. Il leur arrivait de nous apporter des chocolats, ou un pull qu'elles avaient tricoté. Leurs yeux, derrière les lunettes à double foyer, ne trompaient pas : elles étaient là au nom de la morale, certainement pas pour nous réconforter. Ces gentilles dames s'érigeaient volontiers en juges, se targuaient de fréquenter assidûment l'église. Seul leur importait le salut de nos âmes.

— Remerciez le Seigneur pour vos épreuves et il vous aidera !

C'était leur phrase favorite. Elle me semblait étrangement familière, mais quand l'avais-je déjà entendue ?

Un incident allait bientôt dévoiler l'étendue de leur « générosité ».

Une jeune femme occupait depuis peu le lit à ma droite. Fraîchement opérée, elle ne cessait de gémir. Une de nos visiteuses bénévoles — profil de rapace sous sa voilette noire — s'enquit de son état auprès d'une infirmière.

— Bon, répondit l'aide soignante en s'éloignant.

Notre oiseau de malheur mit quelques secondes à comprendre. Puis elle souleva sa voilette, regarda autour d'elle, avant de murmurer, certaine que seule l'intéressée l'entendrait :

— Vous souffrez ? C'est bien fait... Fallait pas avorter, putain ! Dieu vous a punie !

Un matin, la surveillante générale annonça la visite du professeur. A l'entendre, ce médecin était encore plus compétent, plus important que le « grand patron ». J'allais apprendre qu'il s'agissait d'un spécialiste en neurologie. Je n'attendais plus qu'un miracle, mais le terme « spécialiste » fit renaître en moi une toute petite lueur d'espoir. Puisque je devais rester en vie, il fallait que je retrouve l'usage de mes membres et de la parole.

Ce faible espoir allait justement provoquer le miracle, mais je ne le savais pas encore.

La surveillante se livra à une tournée d'inspection en règle. Dans la foulée, je reçus ma « visite » sous forme de piqûre dans la hanche, sans doute pour mieux me tenir éveillée pendant le passage de l'escorte médicale. Les infirmières lissèrent consciencieusement les draps, remontèrent les oreillers. Chacun se tenait prêt.

Lorsqu'enfin le professeur fit son entrée, accompagné comme toujours d'un groupe d'internes, un calme imposant tomba sur la salle. Pour tout le monde, c'était « le Professeur », avec un grand P, qui venait d'apparaître. Certaines malades avaient poussé la coquetterie jusqu'à se mettre du rouge à lèvres, ce qui faisait davantage ressortir leur teint blafard. Chacune espérait que ce bel homme — c'est vrai qu'il avait fière allure — s'arrêterait un peu plus longtemps au pied de son lit. N'était-il pas le maître de notre destin, de nos santés, juste après Dieu ? Il connaissait certainement par cœur, à force de les avoir entendues, les questions préparées à l'avance qu'il feignit d'écouter avec le plus grand sérieux.

— Je sors quand, monsieur le professeur ? Croyez-vous

que je vais guérir ? Est-ce que c'est grave ? Je pourrai marcher à nouveau, dites, monsieur le professeur ?

Contrairement aux médecins qui l'avaient précédé, le professeur souriait. Grand de taille, les yeux bleus, les tempes grisonnantes, il possédait ce mélange de charme et d'assurance propre à faire battre les cœurs brisés comme les plus endurcis. Il s'arrêta près de chacune, prit quelques mains, y alla de son refrain :

— Bien sûr que vous allez guérir... Vous êtes là pour ça. Rien de grave, voyons. Un peu de patience, mon petit ! Que se passe-t-il, vous n'êtes pas bien avec nous ?

Toutes récoltèrent leur brin d'espoir, qu'elles allaient cultiver passionnément jusqu'à son prochain passage. Quand ? Dans un mois, dans un an ? En attendant, c'était la première fois que quelqu'un donnait l'impression de s'intéresser à nous comme à des êtres humains. Enfin, le petit groupe s'arrêta à mon lit : les élèves se pressèrent autour du maître, écoutant attentivement les explications qu'il donnait sur les dégradations causées dans mon organisme par ce qu'il appelait « le geste fou ».

— Qu'avez-vous à dire, messieurs ? interrogea-t-il, sur le point de se retirer.

Chacun lui répondit à son tour. Moi, je n'entendais rien à leur jargon. La terminologie médicale — tétraplégie, amnésie, aphasie... — dépassait ma compréhension.

— Elle ne parle toujours pas ? questionna le professeur.

— Non, répondit l'infirmière-chef. Toujours pas.

Le professeur fit la moue. Indifférence, incrédulité ? Son expression eut le don de me révolter. Bien sûr que je n'avais pas retrouvé l'usage de la parole. C'était évident ! Pourquoi une telle question ? Croyait-il que je me serais contentée de le regarder sans bouger, sans prononcer un mot, si j'avais été capable de m'exprimer ? A quoi lui servait sa science s'il devait, par une question stupide, détruire tous les espoirs que sa seule présence avait fait naître ! Mais voilà qu'il s'éloignait. C'était fini. J'avais eu droit à mes quelques minutes d'attention. A la suivante... Je sentis mon sang se mettre à bouillir. Il fallait que je le retienne, qu'il sache, qu'il apprenne le mal qu'on m'avait fait. Ma bouche émit un borborygme. Une douleur sans nom m'envahit tout entière. J'avais l'impression de m'arc-bouter sous un poids mille fois supérieur au mien. Mon corps était une montagne que je voulais soulever.

Un interne se retourna.

— Elle essaie de parler, dit-il.

Le professeur se figea, puis revint sur ses pas. De nouveau, le groupe encadra mon lit. Je repris mon souffle, tentai le même effort. « Concentre-toi, m'intimai-je. Souviens-toi, quand tu marchais. Ferme les yeux, essaie les mêmes gestes... »

La douleur reprit, insoutenable.

— Professeur... (L'infirmière désigna mes jambes du doigt.) Je crois qu'elle a bougé !

J'avais bougé ! L'orteil, la cheville, je ne me souviens plus. Toujours est-il que ce premier mouvement fut considéré comme un signe encourageant, la preuve que mon système nerveux était ressuscité. Trois semaines plus tard, je parvenais à remuer le bras gauche, puis les doigts de la main droite.

Les matins se passaient désormais en séances de massage et de réadaptation fonctionnelle. En moins d'un mois, je pus effectuer seule ma toilette. Mes mouvements étaient maladroits, mais le réapprentissage de mon corps fut une source permanente d'émerveillement et de bonheur. Loin de moi, à ce moment-là, la moindre idée suicidaire. Quand on a tout perdu, récupérer un peu c'est déjà beaucoup. Or, je retrouvais l'essentiel. Mon intégrité physique. La liberté de me mouvoir. La liberté tout court !

On mit à ma disposition une chaise roulante, non pour m'asseoir, mais afin que je m'exerce à marcher en la poussant devant moi. Après une heure de cet exercice éreintant, il me restait encore à affronter l'épreuve la plus pénible de la journée. Deux infirmiers — des colosses ! — se tenant de part et d'autre de mon lit, s'emparant de mes bras et de mes jambes, exigeant chaque fois un mouvement plus ample, jusqu'à épuisement.

Pour compléter la rééducation, une orthophoniste me rendait visite trois fois par semaine. Elle était chargée de me réapprendre à parler, à articuler, à prononcer des phrases de plus en plus vite. Dans ce domaine aussi, je progressais rapidement. Restait à rééduquer ma mémoire.

Mon enfance me revint en premier. Que ne l'ai-je alors totalement oubliée ! Mon cerveau était devenu un terrain vierge, malléable, où les réminiscences s'imprimaient avec la force du vécu. Je revis Maman Cathy et mes « géniteurs » auxquels je refusais définitivement d'accorder le titre de parents. Une nuit, je m'éveillai haletante, terrifiée. Je venais de revivre ma fuite et mon arrivée à Paris. Peu à peu, je parvins à reconstituer la trame de mon existence. J'aurais préféré n'en retenir que les rares moments heureux. La fin de mon amnésie, pourtant, me rassura, j'avais enfin retrouvé mon identité. Mais les lésions étaient sévères.

Mon cerveau fonctionnait avec une telle lenteur qu'une heure entière à répéter le même mot ne me suffisait pas à le retenir. Combien de fois ai-je fondu en larmes lorsque, devant un livre d'images, je me retrouvais tout à coup dans l'incapacité de me rappeler le nom que je venais de prononcer cinq minutes auparavant ! C'était alors le vide complet dans ma tête, et tout était à recommencer. Il me faudrait d'ailleurs des années pour vraiment m'en sortir, des années pendant lesquelles je n'aurais d'autre recours que de tout noter.

Les dames patronnesses s'arrêtaient désormais devant mon lit, juste le temps de prononcer quelques phrases virulentes, de ce ton pincé qui était leur carte de visite. J'avais tenté de me suicider... Horreur ! Il fallait cependant qu'elles s'attardent devant l'épave. Le bon Dieu, autrement, les aurait sans doute punies. Alors elles s'enquéraient de mes progrès, conjecturaient sur mes chances de complète guérison, sans oublier de m'avertir :

— Vous resterez toujours un peu diminuée, mais quand même, c'est déjà bien !

Sous-entendu, une suicidaire qui échappe à l'enfer peut s'estimer heureuse. Elle n'a, sur terre, que ce qu'elle mérite.

Je décidai donc, dorénavant, de faire semblant de dormir à chacune de leurs visites, espérant ainsi échapper à leurs jacasseries.

Justement, un de ces dimanches après-midi où je feignais un sommeil profond malgré la foule des visiteurs, une main se posa sur mon épaule. Je décidai de ne pas réagir, lorsque je reconnus la voix de l'infirmière.

— Mademoiselle, réveillez-vous !

Que me voulait-elle encore ? J'ouvris les yeux. Une femme élégante, que je ne reconnus pas tout d'abord, se tenait au pied de mon lit.

— Martine ? dit-elle d'une voix très douce. Je suis l'assistante sociale des Chargeurs Réunis.

Elle venait m'apporter, outre quelques gâteries, la meilleure nouvelle qu'il m'eût été donné d'entendre à ce jour. Non seulement les Chargeurs Réunis acceptaient de me reprendre dès ma sortie de l'hôpital — c'était la loi, je l'ignorais — mais ils s'étaient, en mon absence, occupés de toutes les démarches pour les travaux de réfection de mon grenier, avaient remboursé mon emprunt et payé mon loyer. Je n'en crus pas mes oreilles. J'éclatai en sanglots, mais cette fois, c'étaient des larmes de joie.

Je quittai l'hôpital au bout de trois mois. J'allais passer ensuite onze mois dans un établissement spécialisé pour la réadaptation fonctionnelle, dans les environs de Paris. Le programme ne différait en rien de celui qui m'avait déjà été infligé, à la nuance près que je ne passais plus mes journées au lit, réduite à l'inaction.

Chaque jour, dès neuf heures du matin, je m'appliquais à progresser : coordination des mouvements, rééducation de la parole... Je dois rendre hommage au courage, au dévouement et à la persévérance de l'orthophoniste qui m'a réappris à m'exprimer. Ce fut, pour elle comme pour moi, un parcours du combattant que je ne suis pas près d'oublier, un cheminement où le moindre petit progrès faisait figure de victoire. Je mis autant d'acharnement à m'en sortir que j'en avais déployé à me détruire.

La nature humaine est ainsi faite, contradictoire et souvent incompréhensible...

C'est là, dans cet établissement, presque en pleine nature, que j'eus pour la première fois le courage de regarder en arrière, avec lucidité, sans haine, mais sans non plus m'apitoyer sur mon sort.

Une psychologue m'aida à mettre un peu d'ordre dans tous mes souvenirs. Mes parents ? Je ne saurai jamais pourquoi ils avaient eu avec leurs enfants ce comportement de bourreaux. Sans doute furent-ils la cause de tout ce qui a suivi. Il est certain qu'on ne peut en vouloir à des malades. Mais je leur en veux, c'est vrai. Une victime dont l'enfance a été détruite ne peut facilement pardonner.

Où étaient à présent ma sœur, mon frère, mes compagnons de martyre ? Je ne le savais pas. Ma vie n'avait été jusqu'alors qu'une suite de déchirements, de chutes... Pourtant, quelque chose, un pressentiment, me disait que la victoire, un jour, serait peut-être enfin de mon côté.

Une victoire sur moi-même, avant tout. Sur mon inculture, ma naïveté.

Une victoire sur les ombres du passé...

16
La rémission

Le portail s'ouvrit. Un taxi m'attendait.

— Où allons-nous ? demanda le chauffeur.

Je n'en savais rien. L'administration du centre de rééducation m'offrait ce luxe, souhaitant sans doute, par cette toute petite attention, m'aider à réapprendre la vie. Je dis :

— A Paris.

— Mais où, exactement ? insista-t-il.

— A la première porte...

Le chauffeur me jeta un long regard dans le rétroviseur puis secoua la tête avant de démarrer. Quelques minutes plus tard à peine, il me déposait porte de Saint-Cloud, devant un café. J'avais effectué l'essentiel du trajet le regard rivé sur le compteur ou sur mes pieds, effrayée par le moindre cahot, la main crispée sur la poignée. Enfin, j'osai lever les yeux, regarder dehors. Il faisait beau. Des gens étaient attablés aux terrasses des cafés. Lentement, calculant chacun de mes gestes, j'ouvris la portière et posai le pied sur le sol de Paris...

— Merci, monsieur, murmurai-je.

— Y a pas de quoi, ma petite dame. Vous n'avez qu'à me payer la somme indiquée au compteur, on sera quittes.

Il partit d'un grand éclat de rire devant mon air effaré. Je m'exécutai, comptant soigneusement chaque pièce qu'il compta à son tour, puis il démarra sur les chapeaux de roues.

La tête vide mais le corps bourré d'Équanil, le tranquillisant à la mode, je m'éloignai mollement, changeant de trottoir au gré de ma fantaisie, au milieu d'une foule pressée, haletante. Les voitures s'agglutinaient aux feux rouges, klaxonnaient, démarraient en vrombissant, dans un nuage de fumée. Un peu plus loin, des ouvriers réparaient la chaussée, à coups de pioches et de marteaux piqueurs. Une jeune fille me bouscula, s'excusa, me sourit. Le coup de sifflet d'un agent me fit sursauter. Toute cette activité me donnait le tournis.

Affolée, je cherchai un endroit où m'asseoir. Je trouvai enfin un banc isolé. Je m'y laissai tomber, le visage dans les mains.

Étais-je vraiment prête ?

Le matin même, j'avais quitté mes compagnes d'infortune. On n'appartient pas impunément à une communauté de souffrances pendant plus d'une année. Supporter comme siennes les peines d'autrui, recevoir les confidences, parfois terribles, se ronger l'âme d'une sorte de rage impuissante, laisse forcément des traces. J'avais souhaité de toutes mes forces abandonner derrière moi tout ce chagrin, cette tristesse, cette solitude. En leur promettant de revenir, j'avais impudemment menti à celles qui n'avaient pas, comme moi, la chance de sortir aujourd'hui. Certaines, d'ailleurs, condamnées à l'immobilité à vie, ne sortiraient jamais. Je savais pertinemment, en m'engageant, que je n'aurais pas le courage de retourner sur mes pas, qu'en partant je les abandonnais définitivement. Un frisson me parcourut, et je changeai le fil de mes pensées.

L'heure n'était plus à la déprime. Puisque la vie s'était accrochée à moi, il fallait qu'à mon tour je m'accroche à elle. J'étais maintenant livrée à moi-même. Seule, avec mon angoisse. Mais il faisait beau. Le printemps embaumait l'air de mille senteurs. J'allais revoir mon quartier, ses vieilles maisons, retrouver mon grenier ! Cette seule pensée me donna le courage de me relever. Je revins sur mes pas et m'engouffrai dans le métro. Il était temps de rentrer chez moi !

Dans la cour, je trébuchai sur les pavés disjoints et usés par les siècles, un piège que j'avais oublié. La concierge, assise sur le pas de sa loge, se redressa en m'apercevant. Elle paraissait ne pas en croire ses yeux.

— Mademoiselle... C'est bien vous ? Que je suis heureuse de vous revoir !

Elle se précipita au devant de moi, les bras grands ouverts. Je la connaissais à peine, pour l'avoir seulement croisée quelquefois dans l'escalier et rencontrée brièvement dans sa loge chaque fin de mois, au moment de lui remettre le loyer. Son accueil, apparemment sincère, me réchauffa le cœur.

— Entrez une minute... Je vous en prie. Laissez-moi vous offrir quelque chose à boire !

J'acceptai son offre, malgré ma hâte de me retrouver chez moi. Son minuscule logement était tel que je l'avais vu plus d'un an auparavant. Même propreté immaculée, mêmes calendriers décoratifs, même vierge de Lourdes sous son globe de verre, rien n'avait changé de place. C'était comme si je l'avais quitté la veille. Quatorze mois s'étaient pourtant écoulés...

Elle s'empressa autour de moi.

— Asseyez-vous. J'ai tout mon temps. Qu'est-ce qui vous ferait plaisir ? Une limonade ?

J'acquiesçai. Elle m'en servit un grand verre. Son chat, un affreux tigré roux dévoré par la gale, sauta sur mes genoux et se mit à ronronner. Elle fit mine de vouloir le chasser.

— Non, je vous en prie, laissez-le. J'adore les animaux.

Ma brave concierge ne savait que faire pour m'être agréable. C'était une grande et forte femme, d'origine bretonne. Elle essuya ses mains à son tablier, attendit patiemment que je termine mon verre, m'en servit un autre, puis reprit, toujours aussi volubile :

— Ils sont bien gentils, les gens de votre bureau. Vous savez, ils m'envoient votre loyer tous les mois... Tenez, prenez un gâteau. C'est des galettes de chez moi. Vous y retournez quand ? Je veux dire, au bureau ?

Je n'eus pas le temps de lui répondre. Elle avait déjà d'autres questions à me poser. Comment s'était passé mon « séjour » ? Cela n'avait-il pas été trop dur ?

Je pris une galette, elle poussa la boîte vers moi.

— Mangez, mangez... Vous avez tellement maigri. Alors, c'était comment ? Il paraît que vous avez été dans une maison de fous ?

Je me raidis. Qui avait bien pu propager une telle rumeur ? Je m'évertuai à lui expliquer la cause de mon absence. Non, je ne sortais pas d'une maison de fous, à moins de qualifier d'asile les hôpitaux et tous les centres de rééducation fonctionnelle ! Elle dissimula un bâillement derrière sa main.

— Excusez-moi, dit-elle. Je croyais... Enfin, après ce que vous avez fait... Mais je ne critique rien, remarquez. C'est vrai que la vie est terrible, parfois ! Bon, il va falloir que je m'occupe du courrier. Si vous avez besoin de quelque chose, n'hésitez pas. Et puis, même dans un hôpital, vous devez en avoir de drôles d'histoires à me raconter.

Je me levai, silencieuse. Une chose était certaine : qu'elle ne compte pas sur moi pour agrémenter sa vie de joyeux ragots sur le monde hospitalier !

Elle me serra la main, un peu froide, sans doute déçue de ma réserve. Je me ruai vers l'escalier.

Quelques minutes plus tard, anxieuse, j'entrai dans mon grenier. Les murs avaient été repeints en blanc. C'était propre, mais vide. Du moins les travaux avaient-ils été achevés en mon absence. Il y avait encore le sommier et le matelas mais les autres meubles manquaient toujours et mes livres, bien sûr, n'avaient pas été remplacés. Voilà, j'étais chez moi. Il ne me restait plus qu'à reprendre la route. Recommencer.

Je me dévêtis lentement, un instant comme effrayée, puis je me couchai, en proie soudain à une vague et confuse appréhension. L'angoisse était ma nouvelle compagne. Elle se nourrissait d'elle-même, s'épanouissait dans mon psychisme convalescent. Seules les drogues prescrites à ma sortie de l'hôpital me permettaient de la faire taire. Je résistai quelques minutes, puis cédai. Là, sur ce lit, où quatorze mois plus tôt j'avais cru mettre fin à mes jours, en absorbant une dose massive de barbituriques, j'avalai quelques comprimés qui m'aideraient à supporter la vie.

Peu à peu, sous l'effet de la drogue, je sombrai dans le sommeil...

— Chargeurs Réunis. Je vous écoute !

Sitôt coiffée du casque téléphonique, je m'aperçus que je n'avais rien perdu de mon dynamisme au travail, seul garant de ma dignité. Mes collègues m'avaient réservé un accueil mitigé. On n'accable pas une ex-candidate au suicide dès le premier jour. Je savais cependant qu'elles me réservaient un chien de leur chienne, mais, pour l'instant, leurs regards en coin, lourds de sens, glissaient sur le manteau d'indifférence que j'avais passé des mois à me confectionner. L'ambiance étouffante du « placard » et le harcèlement des clignotants verts et rouges n'étaient qu'infimes contrariétés comparées au bonheur que j'éprouvais. Chacun y mit du sien les premiers jours et je ne pouvais prendre une ligne sans entendre une voix joyeuse s'exclamer :

— Martine ! C'est bien vous ? Quel plaisir de vous savoir revenue parmi nous !

La situation, hélas, n'allait pas tarder à se dégrader.

Mes longs mois d'absence n'avaient pas dissipé la haine de mes collègues, celle de ma chef surtout.

— Que voulez-vous, c'est physique ! s'exclama-t-elle lorsqu'un matin un directeur lui demanda les raisons de son acharnement contre moi.

La malignité reprit de plus belle. On me trouva d'autres sobriquets : « la bègue », car depuis mon aphasie j'avais du mal à m'exprimer, « mademoiselle la pilule », à cause des drogues que j'étais obligée d'ingurgiter... Il est vrai que mon attitude, souvent dépressive, ajoutée à mon extrême méticulosité, avait tendance à provoquer ce phénomène de rejet. On ne côtoie pas volontiers les gens tristes ou malchanceux. Mais que pouvais-je y faire ? Était-ce ma faute si personne ne m'avait appris à rire, à plaisanter, ou simplement à regarder l'avenir sans crainte ? Mes parents avaient fait de moi une handicapée affective. Ce préjudice, je m'en rendrais compte chaque jour tout au long de ma vie, resterait de toutes mes croix la plus lourde à porter... En attendant, mes drogues m'aidaient à supporter toutes ces brimades mesquines. Sous tranquillisants du matin jusqu'au soir, je voyais mes journées s'écouler dans une sorte d'euphorie, dangereuse en un sens car j'étais sans cesse obligée d'augmenter les doses. Plus mes collègues me houspillaient, plus j'absorbais de comprimés et plus j'étais indifférente à leurs attaques. Ce qui ne faisait qu'augmenter leur colère.

Sur le plan matériel, tout allait pour le mieux. Grâce à la générosité de mes employeurs, je pus acheter de nouveaux meubles, quelques vêtements, d'autres livres. La vie avait repris ses droits. L'Équanil ajouté à l'espoir, je n'avais plus de raisons de me plaindre. Je décidai qu'il était temps de m'arranger un peu physiquement.

Je me mis à observer l'élégance de certaines démarches, la façon dont quelques secrétaires, plus coquettes que d'autres, s'habillaient, se maquillaient, la grâce de leurs mouvements. Le soir, dans mon grenier, je m'escrimais à imiter leurs mimiques, ce qui n'était pas toujours évident. Quant aux sourires que me renvoyait la glace, ils tenaient davantage de la grimace ou, au mieux, de l'expression ironique. Rien n'est plus difficile que de s'inventer une image. Chassez le naturel, il revient au galop... Les séances se terminaient généralement par un fou rire nerveux.

Je voulais bannir de mes pensées tout ce qui semblait inutile ou laid, bête ou mêchant. Je rêvais de me métamorphoser, de développer mon esprit, mon savoir, en un mot, de briller. Ma curiosité, mon amour du travail, mon amour-propre surtout, exacerbé, allaient m'y aider. Une fois de plus, je jurai de prendre ma revanche. A quoi bon vivre si c'était pour stagner dans la médiocrité ?

Tout allait bien, donc, hormis un détail que je feignais d'ignorer : malgré les médicaments, ma santé morale recommençait à se détériorer. De mon « accident », j'avais gardé de profondes séquelles, et je m'épuisais vite, désormais. J'étais incapable de travailler au même rythme qu'avant, mais je refusais d'en tenir compte. L'abus de drogues, les longues journées de travail, l'acharnement de mes collègues, eurent vite raison du fragile équilibre que j'avais retrouvé. Cela commença par des maux de tête effroyables, puis des chutes de tension, jusqu'à l'évanouissement. Six mois après avoir repris mon poste, une crise d'angoisse m'obligea à demander un arrêt de travail, qui fut bientôt suivi par un second. Les médecins m'avertirent :

— Attention, vous allez rechuter. Si vous continuez à ce rythme, nous ne pourrons plus rien pour vous.

Je refusai, bien sûr, de les écouter. Le travail était ma vie, la réussite mon espérance. Un jour, je fus prise d'un accès de claustrophobie. Les murs de notre minuscule bureau, j'en était sûre, allaient m'écraser. J'arrachai les écouteurs de mes oreilles et me ruai au-dehors. On me retrouva suffoquant, en larmes, assise sur le trottoir, juste devant l'immeuble. Le médecin du travail, informé de l'incident, me convoqua dès le lendemain. Je me doutais déjà de ce qu'il allait me dire. Au moins fut-il direct :

— Mademoiselle, je suis désolé, mais pour votre propre bien, vous ne pouvez plus continuer votre métier de standardiste. J'ai été obligé d'en informer la direction...

Le cœur déchiré, je me vis contrainte de donner ma démission. Les Chargeurs Réunis arrangèrent un licenciement à l'amiable et m'octroyèrent quelques indemnités en raison de mes huits années d'ancienneté. Je pense qu'ils étaient heureux de me voir partir, mais comment les en blâmer ? Curieusement, cette décision, au lieu de m'abattre, renforça mon moral. Malgré la peur de me retrouver une fois de plus sans emploi, j'en fus comme soulagée. Enfin je n'aurais plus à supporter mes collègues, le « placard », les bruits de l'ascenseur, les sobriquets... Le médecin proposa de m'envoyer en maison de repos. Je refusai net : j'en avais assez des hôpitaux ! Seule l'action, j'en étais convaincue, pouvait hâter ma guérison... Le soir même, je décidai d'arrêter toutes les drogues, y compris l'Équanil dont les derniers flacons atterrirent au fond de la cuvette des toilettes. Les médicaments étaient en train de me transformer en ectoplasme. Six mois de plus, et j'étais bonne pour la maison de repos à vie.

C'était fini. Exit les Chargeurs Réunis. J'y avais souffert, mais aussi connu des moments merveilleux. Mon premier emploi durable m'avait, en tout cas, stabilisée d'une certaine façon. Il fallait que j'oublie mes incidents de parcours. Heureusement, la chance sourit parfois aux audacieux.

Huit jours plus tard, je me présentai à la succursale d'une société de liège dont le siège social se trouvait en Algérie, dans la région de Constantine. Le directeur du personnel, qui dirigeait également le service financier, m'accueillit chaleureusement et comprit aussitôt ma situation. Il accepta de me prendre à l'essai comme standardiste.

Mon nouveau standard comportait seulement trois lignes, chacune desservant cinq postes. Un travail de tout repos. Quelques jours plus tard, il me fit apporter une vieille machine à écrire Underwood.

— Vous savez taper à la machine ? demanda-t-il, avec son accent chantant.

Je répondis par l'affirmative, ce qui était un pieux mensonge. En fait, je m'acquittai de ma tâche sans trop de difficulté, malgré mon extrême lenteur. Il me suffit de renoncer, les premiers jours, à mon heure de pose pour rattraper le retard. Ma période d'essai fut concluante. On m'enseigna par la suite le fonctionnement du duplicateur et de la photocopieuse. Je me piquai au jeu, ravie de pouvoir exécuter en toute quiétude les tâches qui m'étaient confiées et, à ma grande fierté, chacun parut s'enthousiasmer de ma méticulosité.

Il n'en fallait pas plus pour me guérir. Mon caractère excessif et passionné m'interdisait de fixer des limites à mes entreprises. Je renonçai définitivement à mon heure de déjeuner pour prendre des cours de dactylographie. En six mois, j'obtins la qualification de « standardiste-dactylo... ».

17

Pour le meilleur et pour le pire

Deux années s'étaient écoulées. Mon « incident de parcours » n'était plus qu'un vieux et mauvais souvenir. Mon grenier, entièrement remeublé, était désormais pourvu d'un minimum de confort. J'y avais fait installer l'eau courante et un poêle, par des professionnels cette fois. Les étagères étaient de nouveau pleines de livres. Je m'étais offert un dictionnaire qui me servait, le plus souvent, de livre de chevet. J'appris ainsi à corriger mon orthographe et mes fautes disparurent peu à peu, aussi bien dans les registres que dans les lettres qu'on me dictait et que je frappais. Le directeur du personnel, qui m'avait prise en sympathie, me suggéra un jour :

— Pourquoi n'apprendriez-vous pas la sténographie, maintenant ? Il y a des méthodes simples...

J'avais déjà vu certaines secrétaires tracer ces sortes de signes cabalistiques avec souplesse et précision, mais moi, en étais-je capable ? J'étais sûre que non. Pourtant je voulus essayer, mais en secret, afin de ne pas perdre la face en cas d'échec. Comme je procédais à l'ouverture et à la fermeture des bureaux, il m'était facile de rester un peu plus tard le soir. On me recommanda la méthode Prévost-Delaunay.

De ce jour, je ne connus aucun repos. Ma journée de travail achevée, je m'empressais de recopier des pages entières de sténo, jusqu'à l'heure du dernier métro, et même le dimanche. Mon acharnement fut récompensé : en moins d'un an, je franchis le cap des soixante-quinze mots à la minute, puis des quatre-vingt-dix et enfin des cent. Un matin, j'eus le plaisir de surprendre le chef du personnel en lui proposant de prendre en sténo une lettre sous sa dictée, tâche dont je m'acquittai avec une fierté amusée. J'eus droit à une nouvelle promotion. Je devins standardiste sténodactylo, puis secrétaire quelques mois après.

J'avais enfin atteint mon but : une situation honorable, du moins à mes yeux, la reconnaissance, la sécurité. C'est alors que je pris conscience de ma solitude.

Tant d'années s'étaient écoulées, durant lesquelles j'avais étouffé mes aspirations personnelles, mon désir d'amour, de tendresse, au profit d'une quête, je l'avoue, un peu vaine, mais devenue obsessionnelle par besoin de m'affirmer. J'approchais de mon quarantième anniversaire et j'étais seule. Je n'avais jamais connu le bonheur de partager... Cette prise de conscience me plongea dans une profonde tristesse. Sans m'en rendre compte, j'étais devenue célibataire endurcie. Mes cheveux étaient grisonnants et chaque jour voyait naître une nouvelle ride sur mon visage. Bientôt, il serait même trop tard...

Les hommes, en tant que partenaires sexuels, ne m'avaient jamais attirée. Sans doute avais-je été échaudée par ma première expérience, pourtant platonique. Depuis Julien, les hommes me faisaient peur. Néanmoins, j'aspirais de tout mon être à une vie normale. Je voulais fonder un foyer, avoir des enfants, peut-être... Était-ce trop demander, maintenant que la vie m'avait comblée sur le plan professionnel ?

Au contact des autres, qui pour la plupart ne me comprenaient pas, j'avais parfaitement saisi que les caractères semblables au mien, façonnés dans les brutalités, la douleur, le chagrin et la tristesse, ne pouvaient être dans la norme. Les enfants martyrs, s'ils ont la chance ou la malchance de survivre, deviennent des êtres à part. Seul un rescapé de l'infortune pourrait tolérer chez un autre les séquelles laissées par de tels traitements. Je devais chercher l'âme sœur parmi les anciens de l'école de la vie.

Max était un garçon renfermé, un peu timide, que je connaissais depuis longtemps. Il habitait dans la même rue que moi. Je le croisais souvent. Comme moi, il avait été tour à tour manutentionnaire, vendeur de journaux, coursier. Enfant de l'Assistance publique, il n'avait jamais connu ses parents. Nous avions le même âge et les mêmes difficultés. Depuis des mois, il me faisait la cour, à sa manière timide. De taille moyenne, blond, les yeux d'un bleu lavande, il me parlait parfois de sa vie. Alors que je croyais m'en être sortie, lui traînait encore sa misère, vivait d'expédients, sans ambition aucune, mais tout prêt à aimer. Il vint un soir m'attendre à la sortie du bureau. Il était tard, j'étais fatiguée. Nous prîmes le métro ensemble. Arrivés non loin de l'entrée de mon immeuble, il osa enfin me déclarer sa flamme.

Au premier jour du printemps 1964, nous échangeâmes nos promesses, dans un accès de folle émotion. J'acceptai de l'épouser sans même réfléchir. J'étais seule, il l'était bien davantage, n'était-ce pas suffisant ? Dès lors, nous nous retrouvâmes chaque dimanche sur le même banc, sous le platane qui avait été témoin de nos serments. Au bout de deux heures passées en bavardages futiles, en calembours dont il raffolait, il me raccompagnait jusqu'à la porte de mon immeuble. C'était tout. Cela devait durer pendant quatre mois.

Dès que je lui parlais d'avoir de l'ambition, ou simplement d'évoluer un peu, Max se rebiffait.

— Pourquoi est-ce que je me fatiguerais ? Je suis bien comme ça. Je mange, j'ai un coin où dormir. De toute façon, je n'ai aucune instruction... Pas la peine de rêver !

J'avais beau le secouer, le conseiller, il semblait privé de ressort. Ma déception grandit de jour en jour. Nous avions subi les mêmes maux, nous nous étions libérés du même joug, pourquoi nos comportements étaient-ils si différents ? Comment pouvait-il supporter la médiocrité d'une existence sans avenir, tandis que ma vie n'était que lutte, besoin d'absolu, quête forcenée ?

J'en vins à regretter ma promesse. Non, décidément, nous n'étions pas faits l'un pour l'autre. Mon cœur saignait à l'idée de lui faire de la peine, mais il fallait m'y résoudre.

J'en perdis le sommeil et, un matin, je pris enfin ma décision... Aujourd'hui, j'allais rompre !

C'était un dimanche. L'après-midi, j'arrivai sans entrain vers le banc. Max était à l'heure et m'attendait, comme à l'accoutumée. En m'apercevant, il bondit à ma rencontre.

— C'est pour toi, ma petite fiancée ! dit-il en m'offrant le paquet qu'il tenait caché derrière son dos.

Le terme de fiancée m'émut. Le souvenir de Julien, que j'avais tant aimé, me revint en mémoire. Il avait été le premier à m'appeler sa « fiancée ». Je restai pétrifiée. Étais-je encore capable d'aimer ? Le visage de Max était éclairé par le bonheur. Il semblait tellement sincère... Il ouvrit le paquet lui-même.

— Regarde... Regarde comme c'est beau !

Il avait dû se saigner aux quatre veines pour acheter ce panier en céramique, vraiment laid, agrémenté d'une douzaine de fleurs en plastique. Le geste m'émut, quoique la médiocrité de son goût me laissât songeuse. Nous n'avions décidément rien en commun. Max se mit à rire, il m'embrassa. J'en oubliai mes sages résolutions. Comment aurais-je pu le laisser tomber, lui qui prétendait n'avoir que moi ? Lâchement, j'espérais que la rupture se ferait d'elle-même, avant notre mariage, prévu dans trois mois. J'acceptai le cadeau, mêlai mon rire au sien. La douleur des autres m'était aussi insupportable que la mienne. Je ne pouvais pas la provoquer.

Il ne me restait plus qu'à souhaiter qu'il se lasse de moi, de nos divergences, qu'il se fatigue de mes remontrances. C'était mal le connaître : Max s'était pris, à sa façon, d'un grand amour pour moi. En revanche, je n'avais plus à son égard que compassion, pitié.

Nos rencontres suivantes ne firent qu'accroître le vide qui nous séparait. Max ne s'intéressait à rien, ne racontait que des niaiseries. Il était fier de se promener à mon bras, de me présenter à ses amis. J'avais honte, quant à moi, lorsque, malgré mon interdiction, il venait me chercher à la porte du bureau. Malheureusement, sa gentillesse me poussait constamment à l'indulgence. Un jour où, insensiblement, je tentai enfin de rompre, Max fondit en larmes.

— Ne m'abandonne pas, je t'en supplie, je n'ai que toi au monde !

Sa prière, pathétique, arrêta les mots dans ma gorge. Une fois de plus, je cédai. Pourtant, l'idée de vivre avec lui m'était maintenant devenue insupportable. Max ne m'attirait pas. Je redoutais son contact physique. Seulement voilà : il me répétait qu'il m'aimait. Il comptait les jours qui nous séparaient encore... Je me consolais de mon mieux en pensant que notre cohabitation, après le mariage, dans le deux pièces que je venais de troquer contre mon grenier, ferait évoluer mes sentiments. C'était la seule chance qui nous restait. J'imaginais aussi qu'à force de l'épauler je parviendrais à éveiller sa volonté. Mon besoin d'aider, de donner, m'offrirait, j'en étais sûre, une part considérable du bonheur auquel j'aspirais. L'âge n'avait en rien atténué ma naïveté...

Les bans furent publiés à la mairie du dix-septième arrondissement. Avant de prononcer le « oui » tant attendu par mon prétendant, je décidai candidement de m'ouvrir à l'une de mes collègues plus âgée que moi, qui s'étonnait ouvertement de mon choix. J'espérais d'elle quelques conseils, avant d'entamer mon existence de femme. Sa première réaction me glaça.

— Vous aimez donc *vraiment* ce garçon ? Il ne vous ressemble pourtant pas !

— Non, répondis-je, un peu vexée. Mais je l'aimerai à la longue. Il est tellement gentil !

Ma collègue me regarda d'abord en souriant, puis secoua la tête.

— Vous voulez vraiment mon avis ? C'est une épave. Vous allez en baver, avec lui !

Sa remarque me rendit furieuse. Je recherchais de l'aide, non une condamnation. Elle se leva, puis m'assena, avant de quitter le bureau :

— Laissez-le tomber ! Vous en trouverez un autre, maintenant que vous avez remonté la pente. Non, ce garçon n'est vraiment pas fait pour vous. Laissez-le croupir dans le ruisseau...

C'en était trop. J'étais moins que jamais décidée à suivre de tels conseils. J'avais souffert de la trahison, je ne rendrais pas la pareille. Max avait subi les mêmes épreuves que moi. C'était mon devoir de lui tendre la main, de le secourir si je le pouvais. Son amour finirait bien par déteindre sur moi !

Le mariage eut lieu le 29 juillet 1964. J'avais revêtu pour la circonstance une robe sans prétention, mais somme toute assez jolie. Je m'étais aussi occupée de Max : veste noire, nœud papillon, chemise à col cassé... L'habit lui allait bien et, pendant un bref instant, je me sentis fière de lui tenir le bras. Les invités étaient peu nombreux. Quelques collègues, des voisins, deux ou trois amis de Max. Je prononçai le « oui » en fermant les yeux, comme on se jette du haut d'une falaise en espérant que la rivière, en bas, sera suffisamment profonde. C'était fait. Trop tard. Je ne pouvais plus reculer. Vers midi, notre union fut bénie à l'église Saint-Ferdinand, dans la chapelle Sainte-Marie. Je n'étais pas particulièrement croyante, je ne connaissais d'ailleurs aucune prière, mais je tenais à respecter les convenances. Max s'était contenté de s'en remettre à mes choix, me laissant tout organiser. C'était là le trait le plus détestable de son caractère. Sa paresse incurable lui interdisait de prendre la moindre initiative. Tandis qu'on nous félicitait, j'eus toutes les peines du monde à masquer mon inquiétude, espérant malgré tout que le bonheur serait au rendez-vous. Le soir même j'eus la réponse...

La sexualité était pour moi la grande inconnue. J'avais bien essayé plusieurs fois avec mes collègues d'entamer une conversation sur le sujet qui, à cette époque, était encore tabou, mais j'étais d'autant plus effrayée que Max ne m'attirait aucunement sur le plan physique. Par-dessus tout, je craignais sa maladresse, son manque d'initiative, là aussi.

Max avait un peu trop bu pendant la fête qui suivit la cérémonie. Il se montra tout simplement brutal puis, voyant que je ne répondais pas à ses avances — où était la tendresse à laquelle j'aspirais ? — il se tourna dans son coin et s'endormit. Notre nuit de noces fut à l'image de notre mariage. Une union non consommée...

Un échec.

Nous étions mariés depuis un mois, « pour le meilleur et pour le pire », selon la formule consacrée. Mais seul le pire semblait devoir marquer notre destin. Max n'avait plus besoin de faire semblant. Marié, à l'abri, pris en charge, il se laissa complètement aller. Son seul plaisir consistait à traîner, à flemmarder. Ennemi du moindre effort, il refusa même de s'adapter aux horaires matinaux du travail que je lui avais trouvé. Vivre avec lui s'avéra lamentable. Nous n'avions aucune intimité. Depuis notre lamentable nuit de noces, il n'avait même plus essayé de m'embrasser. Un jour je lui demandai les raisons de son indifférence, il leva les yeux de son illustré pour me répondre froidement :

— Tu n'es plus seule, c'est ce que tu voulais, toi aussi. De quoi te plains-tu ?

Il n'avait pas tort, tout compte fait. Les gens se marient par amour, ou par intérêt. Je l'avais épousé par sottise, par peur de la solitude et par pitié, croyant à son amour. Quatre semaines après notre mariage, il ne restait que la sottise et j'étais plus seule que jamais. A partir de ce jour-là, nous fîmes chambre à part et prîmes nos repas séparément.

En rentrant du travail, je le trouvais généralement vautré sur le canapé, à moitié assoupi, de la vaisselle sale à ses pieds.

— Tu es là, tu as fait les courses ?

La répartition des tâches ménagères était devenue le seul prétexte pour échanger quelques paroles. De toute facon, je m'occupais de tout, mais je voulais encore essayer, je voulais croire qu'il changerait.

Max s'était installé dans ma vie en parasite. C'était à moi, selon lui, de subvenir à nos besoins, puisque j'en avais la capacité et le courage. Il avait, heureusement, la décence de ne jamais rien demander. Il avait passé sa vie à se contenter de miettes. Il avait le gîte et le couvert et ne souhaitait rien de plus.

Quelques mois plus tard, j'entamai une procédure de divorce. Les démarches, à cette époque, étaient longues et fastidieuses, mais cela ne me gênait pas. Max aurait ainsi le temps de se trouver un toit, ou quelqu'un d'autre à qui s'accrocher. Il accueillit ma décision avec son indifférence habituelle.

Et puis une nouvelle épreuve, capitale, allait bientôt s'ajouter à nos difficultés.

La guerre d'Algérie était terminée depuis deux ans. Nous étions à la fin de l'année 1964 et la société qui m'employait souffrait de la perte de ses forêts, dans le Constantinois. Les sièges de Djidjelli et de Collo fermèrent successivement leurs portes. La direction de Paris supprima plusieurs services. Et comme les difficultés s'accentuaient, elle en comprima d'autres, en attendant de percevoir le dédommagement promis par le gouvernement mais qui, évidemment, tomba aux oubliettes. Les rapatriés, vingt-sept ans plus tard, en sont encore à attendre leurs indemnités... Au début 1965, mon poste fut supprimé.

Je me retrouvais une fois de plus au chômage, mais la situation économique en France avait heureusement changé. De nouvelles entreprises fleurissaient chaque jour et les journaux étaient remplis d'offres d'emploi, je ne m'inquiétai donc pas outre mesure. Mais ce fut un déchirement que de quitter mes collègues, après huit années de collaboration : le directeur qui m'avait appris mon métier, la vieille secrétaire auprès de qui j'avais cherché conseil, et les autres, de plus jeunes, qui étaient arrivés après moi et étaient repartis bien avant... Certains restèrent d'ailleurs mes amis.

Dans un premier temps, je trouvai un poste d'auxiliaire chez un courtier en assurances, mais le travail me déplut par sa monotonie et je démissionnai au bout de trois mois. Quelle sensation extraordinaire de pouvoir enfin choisir sa voie, son travail, ses collègues ! Oui, le monde avait changé, et j'étais la première à en bénéficier. Puisque ma vie affective ne m'apportait que désillusions, je me donnai corps et âme à ma « carrière »... Oh, bien modeste ! Partie de si bas, je ne pouvais aspirer qu'à une semi-réussite. Pourtant, le moindre petit succès continuait à me combler de joie. Les équipements de bureau, qui en d'autres temps m'auraient paniquée, n'avaient plus de secret pour moi. Je me sentais à l'aise au téléphone, confiante devant une machine à écrire, tranquille dans l'utilisation des photocopieuses, duplicateurs, et autres matériels. Peu après ma démission, je fus embauchée par une société d'exploitation forestière. Un travail qui me plaisait, car il me rappelait mon ancienne société de liège.

Les journées, les mois, les années s'écoulaient, sans grand changement dans ma situation. Mon divorce traînait.

L'exploitation forestière ferma ses portes à son tour. J'y avais passé deux années. Je m'essayai dans une société de films, alors que j'ignorais tout du cinéma. Ce fut un échec total. Je m'enfuis au bout de trois semaines. Tour à tour, je fus embauchée au secrétariat d'une grande papeterie, dans un syndicat des producteurs de caoutchouc... Changer de cadre devint une agréable habitude. Chaque expérience m'enrichissait. Je rencontrais du monde, j'apprenais de nouveaux métiers... Était-ce cela, le bonheur ? Une routine sans trop de heurts, une route calme, des instants qui s'imbriquent et se ressemblent, une aventure modeste où le malheur n'a plus de prise ? Certes, j'avais dépassé la quarantaine, je ne connaissais pas l'amour mais mon cœur avait fini par apprendre la sérénité.

C'est dans cet état d'esprit que je décidai de faire un nouveau bond.

Un matin, je me rendis au journal *Les Échos* pour passer une petite annonce. Le texte résumait tous mes espoirs et toutes mes ambitions : « Dame 42 ans, cherche place secrétaire sténodactylo. »

18
L'espérance

L'aube commençait à poindre, et je ne dormais toujours pas.

Voilà huit jours que ma petite annonce était passée. J'avais reçu dès le lendemain douze réponses, parmi lesquelles une lettre émanant d'une fédération patronale dont le siège se trouvait à côté de chez moi. J'avais immédiatement obtenu un rendez-vous. Depuis, je vivais dans l'angoisse... Ne m'étais-je pas montrée présomptueuse ?

Certes, près de vingt ans passés à gravir lentement les échelons du monde du travail m'avaient rompue à toutes sortes de disciplines. Mais l'emploi de secrétaire dans un service juridique et social me semblait bien au-delà de mes compétences.

Pour me donner de l'assurance, j'avais consacré ces huit jours à réviser l'orthographe, la sténo, la grammaire, la géographie. On ne se prépare jamais assez. C'était, pour moi, l'examen suprême. Un dernier point à faire sur mon existence. J'allais enfin savoir si, oui ou non, je m'étais battue en vain. En cas d'échec, il me restait bien d'autres propositions, mais je voulais cette place. Le destin allait-il, pour une fois, se laisser prendre à bras-le-corps ?

Lorsque le réveil sonna enfin, j'étais morte de peur. Je passai la matinée à me préparer, ce qui était pour moi un accès de coquetterie inhabituel. A moitié satisfaite du résultat, j'arrivai avec une heure et demie d'avance.

Les bureaux se trouvaient dans un somptueux hôtel particulier proche du parc de Monceau. Un flot presque ininterrompu de visiteurs s'écoulait entre ses portes. Certains arrivaient conduits par leur chauffeur, à bord de somptueuses limousines. D'autres marchaient à grands pas, la mine renfrognée, une serviette à bout de bras, lourde de dossiers. Plus les minutes passaient et plus j'étais intimidée.

A quatorze heures, je poussai enfin la grille de fer forgé et je me retrouvai dans le hall. Un huissier d'âge respectable me demanda l'objet de ma visite.

— Pour la place, c'est au premier, répondit-il en étouffant un bâillement.

L'entrée était un vrai capharnaüm. Des monceaux de papiers s'élevaient en piles presque jusqu'au plafond, parmi des échafaudages. Plusieurs ouvriers apparurent alors que je m'engageais dans l'escalier. Ils émirent de longs sifflements puis j'entendis :

— Dis donc, pas mal la mignonne !

Je me retournai, furieuse, puis décidai d'en sourire. Cela prouvait au moins que j'étais à mon avantage. Les plaisanteries reprirent, mais je ne les entendais plus. J'étais arrivée au premier étage.

Au bout d'un moment, une porte s'ouvrit sur un groupe d'hommes âgés, importants s'il fallait en juger d'après leur embonpoint. Ils se donnaient du « monsieur le président » et du « cher ami ». J'étais clouée sur place. A voir ses dirigeants, la fédération était une bien vieille dame. Ces braves et respectables messieurs disparurent par une autre porte, sur laquelle un écriteau indiquait : Conseil de direction. Plus tard, lorsque je connaîtrais la grande maison, j'aurais toujours la folle envie de retourner le carton et d'y inscrire : Silence, on dort !

J'attendais depuis plus d'une heure, sans voir âme qui vive, lorsqu'un homme d'une cinquantaine d'années, d'une préciosité exagérée, vêtu à la dernière mode, s'avança vers moi. Très vieille France, il se perdit en circonlocutions, me demanda de lui pardonner son retard, fit maintes courbettes puis m'entraîna dans son bureau.

C'était, je l'appris plus tard, le chef du service juridique et social. Il n'en finissait pas de se présenter, de parler de ses diplômes. Il m'expliqua le fonctionnement de la fédération, ce que l'on attendait de moi... Cela dura des heures. J'étais au bord de la crise de nerfs lorsque, enfin, il me tendit une feuille blanche.

— Prenez-vous en sténo, madame ? Si vous le permettez, je vais vous dicter une lettre.

Il m'aida pour l'orthographe des termes juridiques, une fois la dictée terminée, me laissa seule devant une machine à écrire. Je dus m'y reprendre à trois fois, tellement je tremblais, mais vingt minutes plus tard j'avais fini mon test. Il relut, parut satisfait, me gratifia d'une courbette avant de conclure :

— Très bien, on vous écrira !

Des mots qui signifiaient peu, et beaucoup à la fois...

Je me levai, perplexe, n'osant pas insister. Il me raccompagna en haut des marches.

— Ne vous en faites pas, dit-il encore avant de prendre congé, cela peut prendre quelque temps. A bientôt, peut-être, chère madame !

Dix minutes plus tard, j'étais de retour à la maison. Heureux ceux qui peuvent partager leurs peines, leurs joies. Ce n'était pas mon cas. Max était là, dans un état de parfaite apathie. Il leva à peine les yeux sur moi.

— J'y suis allée, dis-je en entrant.

— Où ça ?

— La place dont je t'ai parlé. J'avais rendez-vous aujourd'hui.

— Ah, bon.

Il se leva, gagna la cuisine, ouvrit une canette de bière. Furieuse, je m'enfermai dans ma chambre.

Il ne me restait plus qu'à ressasser, dans un pénible silence, les images de mon entrevue. Espoir ou désespoir ? Je ne savais pas.

Deux semaines s'étaient écoulées, et je n'avais toujours pas de réponse de la fédération. Il était trop tard désormais pour répondre aux autres lettres. Mon mari ne cessait de se moquer de moi :

— Qu'est-ce que cela peut te faire ? Ce boulot ou un autre, ils se valent tous, non ?

Je décidai de téléphoner.

— Attendez jusqu'à demain, me répondit une secrétaire. Je ne peux rien vous dire maintenant.

Encore une nuit d'angoisse. Je me donnai une journée, pas une de plus, avant de repasser une petite annonce. Le lendemain matin, le facteur sonna directement à ma porte.

— Pli recommandé, signez ici s'il vous plaît !

La lettre émanait de la fédération. Mon cœur battait la chamade. J'avais tant attendu cette réponse, et voilà que je n'osais pas ouvrir l'enveloppe. D'une main tremblante je m'y décidai enfin. « Vous commencez jeudi 17 octobre 1967, à neuf heures. »

Je n'avais lu que la dernière phrase, la seule qui comptait. Les larmes aux yeux, je claquai la porte, virevoltai, criai d'une voix nouée par l'émotion :

— Ça y est ! J'ai gagné !

Mon mari, qui s'était rapproché, haussa les épaules.

— Et après ?

Sa réaction n'aurait pas dû me surprendre, et pourtant je la reçus comme une douche. Voyant qu'il ricanait, j'éclatai en sanglots.

Une fois de plus, quelque chose, quelqu'un brisait mon élan, rognait les ailes du bonheur. Enfin calmée, je regardai Max comme un étranger. N'en était-il pas un, bien que partageant ma vie ? La procédure de divorce traînait par ma faute. Je me jurai de la faire accélérer.

Comme d'habitude, je finis la matinée enfermée dans ma chambre, à essayer, tant bien que mal, de reconstituer le puzzle d'un instant de félicité.

Toute la fraîcheur d'une belle journée d'octobre entrait par la fenêtre grande ouverte de ma chambre. Je m'étirai longuement, un souffle d'air frais caressa mes épaules nues. C'était le grand jour !

Je sautai du lit, les yeux rougis d'une nouvelle nuit sans sommeil. Un peu d'eau froide chassa la brume. Je me fardai les paupières et les lèvres. J'avalai mon café d'un trait. J'avais une heure d'avance, comme d'habitude. En partant, je me regardai dans la glace. Pas mal. Comme dévergondée par mon nouveau succès, je m'adressai un clin d'œil. « Bravo, Martine. Il ne te reste que ton travail, mais là au moins, tu fais ce qu'il faut ! » Ma propre image me souhaita bonne chance.

Dix minutes plus tard, je franchissais le hall de la fédération d'un pas alerte. Des femmes, des hommes attendaient près de l'ascenseur. Je m'approchai timidement d'eux, mal à l'aise. Ma toilette était loin d'être à la mode. Elle m'apparut, tout à coup, vieillotte, comparée à la mise impeccable et moderne des autres filles autour de moi. Je pris la décision d'en changer, dès que j'aurais touché mon premier salaire... Les regards s'attardaient. L'ascenseur s'éternisait. Je me sentis rougir, quittai le groupe et montai quatre à quatre l'escalier.

L'homme qui m'avait reçue quinze jours plus tôt était dans son bureau. Il se précipita vers moi, la main tendue, et me conduisit à ma place, face à lui, avant de m'expliquer le travail qui m'attendait. C'était donc lui mon nouveau patron, cet homme aux manières onctueuses, précieux dans sa démarche et dans sa façon de s'exprimer. J'étais tellement émue que je ne comprenais rien à ce qu'il disait. Mais il faut dire qu'il compliquait ses phrases, les enroulait, les emmêlait, comme par plaisir.

Une jeune femme fit irruption dans la pièce. Elle l'appela « maître » avant de déposer un gros dossier sur son bureau. Elle me salua d'un signe de tête, je lui rendis la pareille, gonflée de fierté.

Secrétaire ! J'étais secrétaire, et pas des moindres. L'assistante du chef du service juridique et social d'une fédération patronale ! La tête me tourna.

— Tout va bien, madame ? Je vous trouve bien pâle !

Je revins sur terre. Le jeu, tout compte fait, me plaisait. Je répondis, sur le même ton que lui :

— Rien de grave, *maître* ! C'est seulement l'émotion.

A la fin du premier mois, j'avais relevé le défi, gagné mon titre de secrétaire. A force de faire des heures supplémentaires, de prendre des notes, de feuilleter le Dalloz, j'avais même réussi à me familiariser avec certains termes juridiques que mon patron formulait à tout propos : instance, procédure, attendu, protocole d'accord, nonobstant votre requête... Les mots sonnaient bien, chantaient, je voulus les faire miens, j'en pris possession.

Adieu, la religieuse qui m'avait abandonnée devant la porte d'un couvent. Adieu, la mère supérieure. Adieu, la vieille dame de Cassis et sa servante. Adieu, la rue, la faim, la misère. Adieu, surtout, mes géniteurs... Je vous ai prouvé que j'étais bonne à quelque chose. Que j'avais, moi aussi, une raison d'être sur cette terre, où pourtant personne ne semblait vouloir de moi !

Un dimanche de novembre, je flânais dans les rues d'un quartier pittoresque de Paris, près de la place des Vosges. Soudain, le manège d'un chien arrêta mon attention. C'était un teckel, mignon comme tout. Il semblait calculer ses chances, la tête penchée de côté, devant un couple de pigeons qui roucoulait à deux pas de lui. Je m'approchai. Qu'il était drôle ! Hélas pour lui, les pigeons prirent peur et s'envolèrent. Le jeune terrier m'aperçut alors et contre toute attente, il se renversa sur le dos, me tendant son petit ventre rose recouvert de duvet. Je me penchai pous le caresser lorsqu'une voix masculine m'arrêta dans mon geste :

— Mon chien vous plaît ? Il est à vous, si vous le voulez !

L'homme me souriait, depuis le hall d'un hôtel.

— Venez, insista-t-il. Puis-je vous offrir un café, qu'on en discute ?

La boule de poils se releva d'un bond et, dressée sur ses pattes de derrière, agrippa le bas de ma robe, comme l'eût fait un enfant.

— C'est une femelle, poursuivit l'homme, un monsieur dans la quarantaine, élégamment vêtu.

Mon instinct ne flairait aucun piège. J'acceptai l'offre.

Le teckel me précéda dans le hall, fou de joie. Il sautait, gémissait, jappait. Avait-il déjà compris ? Puisque c'était une « demoiselle », je décidai de l'appeler Quenelle. Ma décision, en effet, était prise. Je ne discutai même pas lorsque son propriétaire, plein d'affabilité, me montra son pedigree et fixa le prix.

— Alors, affaire conclue, chère madame ?

Je hochai la tête, frénétiquement. A peine m'étais-je assise que Quenelle sautait sur mes genoux. Je versai la somme, pris la petite chienne dans mes bras et sortis pour cacher mon émotion.

Adieu, la solitude !

19

Quand le diable s'en mêle

Lors d'une visite médicale d'entreprise, la praticienne m'avait conseillé de voir mon médecin traitant pour une anomalie sur le côté du sein gauche. Oh ! Pas grand-chose, avait-elle précisé aussitôt, une petite boule, de la taille d'une noisette, qu'elle sentait au toucher. Après m'avoir longuement interrogée sur mon passé et ma santé, la doctoresse m'avait raccompagnée jusqu'à la porte.

— Vous devriez quand même faire attention, me dit-elle en me serrant la main.

Je l'avais écoutée poliment, sans faire grand cas de ses conseils. D'abord, je n'avais pas de médecin traitant. Et puis, je me sentais en parfaite santé, compte tenu de tout ce que j'avais subi. Je souris en moi-même, toujours aussi naïve, m'imaginant en train de montrer à un médecin ma poitrine où rien n'était visible, et lui expliquant que je ne souffrais pas. Il m'aurait prise pour une débauchée, non ?

Certes, les premiers temps je fis un peu attention à la fameuse « noisette ». Il m'arrivait même de la chercher. Mais comme je n'en souffrais pas, je finis par m'en désintéresser.

Puis les semaines passèrent, et la petite boule se développa, jusqu'à devenir apparente. Une grosse bille marbrée de bleu. Les paroles de la doctoresse me revinrent alors en mémoire : « Vous devriez quand même faire attention ! »

Une chose était certaine : je ne retournerais pas à l'hôpital. J'y avais trop souffert. Il me fallait pourtant résoudre le problème, la boule commençait à me faire souffrir. J'attendis la période des vacances car, pour rien au monde, je n'aurais voulu m'absenter de mon travail, si chèrement acquis.

J'en parlai par hasard à l'une de mes collègues, que je savais être la petite amie d'un chirurgien officiant dans une clinique de Neuilly. Elle parut affolée et me prit aussitôt un rendez-vous.

Quand arriva le jour de la consultation, j'avais eu le temps de réfléchir, de me poser des questions. Un soir je parlai à mon mari d'une éventuelle opération, mais cela ne sembla pas le bouleverser. D'ailleurs, rien ne l'inquiétait, surtout quand il ne s'agissait pas de lui. Où était son amour — la seule chose qui m'ait poussée à l'épouser — sa passion pour moi ? Je me heurtais chaque fois à un mur. Mais pour une fois il aurait peut-être son utilité : au moins quelqu'un s'occuperait-il de Quenelle, pensais-je.

Pour la première fois, j'allais pénétrer dans une clinique.

Comme toujours, j'arrivai avec une bonne heure d'avance au rendez-vous. Je feuilletai un magazine pour patienter lorsqu'une secrétaire me fit entrer dans le cabinet. Des fleurs, de jolis tableaux sur les murs. Le médecin me parut sympathique, quoique distant et un peu hautain. Je me sentais toute petite, assise en face de lui. Il commença par me poser une série de questions sur mes antécédents. Lorsque enfin je lui parlai de la grosseur qui m'amenait à le consulter, il rectifia sèchement :

— Comment savez-vous que c'est un kyste ? Nous allons voir. Déshabillez-vous.

En découvrant la tumeur, à laquelle vraisemblablement il ne s'attendait pas, il s'apaisa tout à coup. Son silence soudain m'étonna. Il se rassit et soupira :

— Pourquoi avez-vous attendu si longtemps ?

Je n'eus guère le loisir de m'expliquer. Aurait-il seulement compris mes raisons ? Le travail que j'avais peur de perdre, mon aversion pour les hôpitaux...

— Il faut vous opérer d'urgence. Je vous prends rendez-vous pour demain, d'accord ?

Que pouvais-je répondre ? Je me rhabillai en hâte. Il téléphonait déjà pour retenir le bloc opératoire. Puis il demanda à son assistante d'avertir le cardiologue et le laboratoire.

— Je vous opérerai moi-même, dit-il. Ne vous en faites pas, tout se passera parfaitement bien.

L'homme me faisait déjà moins peur. Sa froideur apparente reflétait sans doute la parfaite maîtrise d'un homme habitué à la mort et à la maladie. J'acquiesçai d'un signe de tête, froide à mon tour devant ce nouveau coup du sort. N'en avais-je pas vu d'autres ? Le regard du médecin se fixa sur moi, interrogatif, comme si mon impassibilité l'étonnait. Me croyait-il terrifiée, ou bien pensait-il que je n'avais pas compris ?

— Je vous opère demain, madame ! insista-t-il.

— Je suis d'accord, docteur, répondis-je d'une voix neutre.

Mon indifférence acheva de le déconcerter. Le silence devint pesant tout à coup. Il me raccompagna à la porte et prit congé.

Je quittai la clinique comme une somnambule. Le diable, pensais-je, m'avait donc retrouvée. Il me restait une nuit pour me préparer au pire. Je rentrai chez moi pour prendre quelques affaires, et regagnai la clinique vers vingt heures.

Thermomètre. Bouillon de légumes. Petit cachet rose. Je dormis d'une traite, d'un sommeil sans rêves...

Le lendemain, je m'éveillai dans une chambre resplendissante de clarté. Dehors, les oiseaux chantaient. Une branche lourde de feuilles bruissait doucement sous ma fenêtre. On se serait cru dans un hôtel, une de ces petites pensions de province où il fait bon vivre, prendre son petit déjeuner au lit, se laisser enivrer par les senteurs du jardin... Il m'était impossible de penser à l'intervention chirurgicale qui allait peut-être me laisser mutilée.

— Bonjour ! Votre opération est prévue pour onze heures.

Je n'avais pas entendu la porte s'ouvrir. L'infirmière était une jolie brune, souriante. Elle introduisit un homme en blouse blanche, le cardiologue. Il n'était pas reparti depuis cinq minutes que la porte s'ouvrit de nouveau : une laborantine me fit une prise de sang, suivie par une infirmière qui m'injecta un premier soporifique avant l'anesthésie.

— Détendez-vous, dit-elle. Essayez de dormir…

Je me forçai au contraire à rester éveillée. Je voulais voir l'intérieur d'un de ces blocs opératoires, si mystérieux. Quand l'heure arriva, je n'étais pas loin de me laisser aller, tant le sommeil me brûlait les yeux. Le chariot roula jusqu'à un grand ascenseur. J'aperçus, dans une brume, un visage tout noir. Le grand Sénégalais chargé de mon transport, s'étant rendu compte que j'étais encore éveillée, me disait de me rendormir, avec un sourire découvrant deux rangées de dents étincelantes.

J'étais groggy, incapable de lui répondre. Arrivée dans le bloc opératoire, deux bras puissants me soulevèrent. Je reconnus tout à coup le chirurgien qui m'avait reçue la veille. Je tentai de lui sourire, mais les muscles de mon visage ne me répondaient plus.

— Tout doux, fit-il d'une voix apaisante, qui me parut étonnamment lointaine. Vous ne sentirez rien…

L'endroit était décevant : des murs recouverts de carrelage, une lumière crue, des assistants qui s'affairaient autour de moi… Je sentis qu'on m'installait les bras dans des sortes de gouttières, qu'on me sanglait. Mes paupières me semblaient de plus en plus lourdes.

— Voilà, entendis-je encore. Comptez avec moi. Un… deux… trois…

Puis, plus rien.

Avant même de pouvoir rouvrir les yeux, je me mis à pleurer à chaudes larmes. Le choc, appris-je plus tard. C'était normal. Je ne ressentais aucune douleur. L'infirmière à mon chevet me répéta plusieurs fois, en me tapotant la joue :

— C'est fini !

Au bout d'un moment, elle quitta la chambre.

Je m'endormis à nouveau.

Le lendemain, sitôt sortie de mon sommeil, ma première pensée fut pour Quenelle. Elle avait tant hurlé à mon départ ! Elle me manquait déjà. Quenelle n'était qu'un chien, mais c'était aussi ma première vraie compagne, le seul être sincère auquel j'avais pu m'attacher. Dans combien de temps la reverrais-je ?

Puis je pensai à moi. Que s'était-il passé ?

Je palpai mon corps. J'étais couverte de bandages. Avaient-ils... ? L'angoisse, un instant, me noua la gorge. Mais non. Je sentis mon corps entier sous les pansements. Le chirurgien avait bien extrait la tumeur, mais il avait réussi à sauver mon sein. Au soulagement succéda aussitôt une autre crainte : s'agissait-il d'une tumeur maligne, ou d'un simple kyste ?

Mes inquiétudes s'envolèrent, provisoirement, lorsque ma première visite du jour fit son entrée. Tout sourires, l'infirmière en chef déposa un bouquet de fleurs sur ma table de chevet.

— Je les ai cueillies moi-même, dans mon jardin. Vous savez, j'habite un pavillon de banlieue...

Quelques minutes plus tard, apparaissait une aide soignante, les bras chargés d'un lourd plateau. Elle avait, de sa propre initiative, ajouté un croissant à mon petit déjeuner. Ce fut le tour du grand Sénégalais, toujours hilare, qui poussa la porte de ma chambre simplement pour me dire bonjour.

Que ces gens étaient gentils et prévenants ! Je n'en revenais pas. Je vis, tout à coup, le monde médical sous un autre jour. Loin des contraintes harassantes, des horaires effroyables, de l'atmosphère morbide des hôpitaux, il existait donc de vrais médecins, de vraies infirmières, des gens capables de s'occuper de leur prochain sans les considérer comme une charge, sans les traiter comme du bétail ! Un peu d'argent, et le monde tourne, les larmes se tarissent, l'amour renaît... Quel univers est donc le nôtre, où la misère n'attire que la misère ?

Le chirurgien fit son apparition. Il était souriant, quoique un peu crispé. Il me tendit la main.

— L'opération a parfaitement réussi, dit-il, enthousiaste. S'il n'y a pas de complications, vous pourrez sortir dans une quinzaine de jours.

Que voulait-il dire par là ? Quelles complications ? J'essayai timidement d'en savoir davantage :

— Est-ce que c'était un... ?

Le mot ne sortait pas. Il détourna son regard, contempla les fleurs.

— Elles sont bien jolies ! Vous avez été gâtée... C'est mon infirmière qui vous les a offertes ? Elle trouve toujours quelqu'un à chouchouter... A propos, vous vous plaisez chez nous ?

Je voulais savoir. Connaître mon mal. Le mot, cette fois, sortit :

— Docteur, est-ce que c'était un cancer ?

Il se tourna vers moi, rouge de colère.

— Mais madame, qu'espérez-vous apprendre de plus ? Oui, j'ai extirpé une tumeur, et après ? Je vous le répète encore une fois : l'opération s'est parfaitement déroulée !

C'est extraordinaire comme, en ce temps-là, parler de cancer rebutait la plupart des gens. Le mot même faisait peur. Beaucoup préféraient pratiquer la politique de l'autruche. Je sentis qu'il valait mieux ne pas insister. Et puis, son embarras en disait plus long que toutes les phrases. Il reprit, plus doucement :

— Il ne faut pas exagérer cette maladie, voyons. Surtout que dans votre cas, malgré le retard, nous l'avons prise à temps... Ne vous en faites pas, allez !

Il me tapota la main, sourit une dernière fois, et ressortit. Sur le moment, je restai perplexe quant à la gravité de l'opération. Ce qui m'importait, c'était d'en connaître les conséquences éventuelles. J'avais peur de souffrir physiquement maintenant. J'avais suffisamment entendu les hurlements de douleurs causées par le « crabe », à l'époque des salles communes, pour refuser une fin aussi horrible.

Au bout de cinq jours, j'étais délivrée du drain qui me retenait prisonnière dans mon lit. L'ambiance chaleureuse de la clinique contribuait à me donner bon moral. Je pus enfin fouler le gravier du jardin et m'asseoir à l'ombre du superbe saule pleureur que je voyais depuis ma chambre. Dix jours plus tard, on m'enleva les fils. Ma sortie était prévue pour le lendemain.

Pendant toute cette période, mon mari n'avait pas daigné me rendre visite une seule fois. Je m'en fichais. Par contre, j'étais de plus en plus inquiète pour Quenelle. Le matin de mon départ, le chirurgien vint me saluer à une heure plutôt inhabituelle.

— Alors, c'est le grand jour ? dit-il en me serrant chaleureusement les mains.

Je ne répondis pas. Il parut un instant décontenancé par mon silence, puis il ajouta :

— Ma secrétaire va vous donner les dates de nos prochains rendez-vous. Je veux absolument vous revoir la semaine prochaine, et ensuite tous les mois !

Je rivai mon regard dans le sien.

— Pourquoi, docteur ? Je croyais que ce n'était pas grave !

Il détourna les yeux et quitta la chambre, après avoir réitéré sa recommandation :

— La semaine prochaine, et ensuite tous les mois. C'est indispensable, vous m'entendez ? Indispensable...

En fin d'après-midi, je rentrai chez moi. J'allais avoir bien d'autres préoccupations que ma santé, et bien d'autres choses à penser que les recommandations du chirurgien. Mon mari avait mis notre appartement dans un état de saleté repoussante. Des boîtes de conserve vides jonchaient le plancher du salon. De la vaisselle sale et du linge souillé traînaient un peu partout. Pris sans doute d'un accès de folie, il avait percé des trous dans toutes les cloisons. J'escaladai le tas de gravas et cherchai aussitôt ma petite chienne. Tremblante de peur, Quenelle se tapissait sous le lit de ma chambre. Visiblement traumatisée, la pauvre bête n'osait pas bouger. Après bien des difficultés, je finis par la prendre dans mes bras. Elle était maigre à faire peur, pesait à peine plus qu'un coussin. Enfin rassurée, elle me lécha le visage en gémissant.

Peu à peu, je découvris l'étendue du désastre. Mon mari avait coupé l'eau, supprimé le chauffage. Un amas de détritus faisait régner une odeur nauséabonde dans l'appartement devenu un taudis. Quand je sortis sur le palier, une voisine referma précipitamment sa porte en me voyant. Sans doute avait-elle peur, pensai-je. Je me trompais...

Lorsque, le soir même, mon mari rentra à la maison, il commença par s'étonner de mon retour. Il avait cru, prétendait-il, que mon entrée à la clinique n'était qu'un prétexte, un stratagème pour le quitter. Qu'il ne me reverrait plus.

— Tu aurais pu au moins te renseigner ! rétorquai-je sèchement. Qu'est-ce qui s'est passé ici ?

Son esprit était dans une telle confusion qu'il se mit à balbutier, incapable de me donner une explication cohérente. J'avais affaire à un malade, ou bien à un simulateur. Facilement indulgente, je penchais bien sûr pour la première hypothèse. Pauvre Max, songeai-je. Quinze jours sans moi, et il est perdu.

Malgré ma fatigue, je remis un peu d'ordre dans l'appartement. Nous n'avions, et n'aurions plus de chauffage, mais je réussis, le soir même à rétablir l'eau courante.

Petit à petit, le silence à deux reprit son cours. Max se calma. Je n'avais pas les moyens de me trouver un autre appartement. Nous restâmes ensemble, indifférents l'un à l'autre, mais partageant le même lieu. C'était bien ainsi.

Une dizaine de mois s'étaient écoulés depuis mon opération. Contre tous les avis, je n'étais pas retournée à la clinique. Imprudence, inconscience? J'étais sûre de m'être débarrassée de ce souci.

Un matin, je palpai machinalement mon sein opéré. Non ! Ce n'était pas possible ! J'avais senti une boule rouler sous mes doigts. Non ! Non ! Je ne voulais pas ! Mais le désir est une chose, la réalité en est une autre. La petite boule glissa, mais je la retrouvai. Elle se comportait exactement comme la première. Un frisson glacé me parcourut le dos. Pendant près d'une heure, je me palpai, à me faire crier de douleur, dans l'espoir de m'être trompée, d'avoir mal senti. Hélas, elle était bien là !

Comme souvent, je pris le parti de fuir devant l'évidence. Après tout, la première avait mis des années avant de me gêner... Malheureusement, en dépit de ma volonté, je ne réussis pas à l'oublier. La boule me tracassait, elle finit par m'obséder. Je n'y tins plus. De même qu'un an plus tôt, j'attendis la période des congés pour reprendre rendez-vous à la clinique. Lorsque le chirurgien découvrit la nouvelle tumeur, il entra dans une rage impressionnante :

— Si seulement vous étiez venue chaque mois, comme je l'avais prescrit ! J'aurais encore pu vous faire suivre un traitement !

Penaude, je lui confiai les raisons de ma négligence. Comme il se radoucissait, j'osai lui demander si l'opération ne pouvait pas attendre l'année suivante, quand je serais enfin séparée de mon mari. Je crus qu'il allait s'étouffer de colère.

— Vous vous moquez de moi ou vous êtes complètement inconsciente ? D'avoir tant attendu la première fois ne vous a pas suffi ? Je vous opère cette semaine ou jamais. C'est à vos risques et périls !

Je finis par accepter de rentrer en clinique la semaine suivante. Le médecin m'avoua alors ne pas comprendre les raisons qui me poussaient à faire du sentiment avec mon mari.

— Vos ennuis de santé viennent en grande partie de vos nombreux soucis, conclut-il. Croyez-moi, vous devriez mettre un peu d'ordre dans votre vie !

A l'entendre, je devais faire expulser Max, sans me soucier de ce qu'il adviendrait de lui. Né dans une famille « normale », devenu un chirurgien réputé, cet homme n'avait, évidemment, aucune idée de la vie chaotique qui avait été la nôtre.

Au début du mois d'août, je rentrai de nouveau à la clinique après avoir mis ma petite Quenelle en pension. Grâce à la gentillesse de l'infirmière en chef, je retrouvai la même chambre que la première fois. Chambre que j'allais occuper à maintes reprises, pendant les cinq années suivantes, pour subir six opérations consécutives : ablation de tumeurs, adhérences, ganglions et fibromes... Mon organisme semblait se venger de tout ce qu'il avait souffert.

Cette fois-là, quand au bout de quinze jours je quittai l'établissement, ce fut pour découvrir ma nouvelle infortune, dans ce qui était devenu, plus que jamais, un taudis infect. La fameuse voisine s'était installée chez moi, « en camarade » prétendait-elle.

Qu'importe ! J'étais trop lasse pour réagir et, de toute manière, que pouvais-je faire à présent, sinon m'en aller plus tôt que je ne l'avais prévu ? Je décidai de tout laisser tomber. Certes, j'étais amère. Mais j'avais, au moins, la conscience en paix !

En attendant je ne savais quel avenir, je passai à l'hôtel ma première nuit de convalescence. Quelques jours plus tard, Quenelle serrée contre moi, une valise à bout de bras, je fis mon entrée dans le calme d'un studio sans prétention, mais qui convenait parfaitement à ma situation.

Peu de temps après, mon divorce fut prononcé.

Je ne revis jamais Max. Quelle importance ? Il me restait la tendresse de ma petite chienne. Ma seule joie sur cette terre. L'amour fait boule de poils...

20
Une bataille sans trêve

Depuis quatre ans, mon travail me grisait et même les tâches difficiles me passionnaient. Les journées s'écoulaient bien trop vite à mon gré. Au fond, je l'avais découverte, ma vraie joie de vivre !

Un matin, en arrivant à mon bureau, j'appris que la commission fédérale de prévention, qui avait suggéré que soit organisée, par le service dont j'étais la secrétaire, une mission d'étude sur la sécurité et la prévention des accidents de travail au Japon, avait enfin voté le budget.

Notre bureau juridico-social et de prévention, indépendant à l'époque, avait déjà mis sur pied une campagne de sécurité aux États-Unis. Il en organiserait bien d'autres par la suite, à Paris et en province. Les comptes rendus que je présentais montraient parfaitement ce dont j'étais capable, malgré nos moyens assez réduits.

Le dimanche 13 juin 1971 restera à jamais gravé dans ma mémoire. Je faisais en effet partie de la mission de trente-trois personnes, industriels, ingénieurs, spécialistes de la sécurité, avocats, médecins, ergonomistes, qui partaient à bord d'un Iliouchine 62 de la compagnie Aeroflot, en direction de l'archipel japonais.

Quelle émotion ! Pour mon baptême de l'air, j'allais parcourir la moitié de la planète, pour atterrir aux antipodes. Quelle fierté, surtout !

Après une escale de deux heures à Moscou, notre avion survola la Sibérie, spectaculaire étendue jalonnée de forêts immenses, d'incroyables massifs montagneux. En raison des bonnes conditions météorologiques, je pus contempler à loisir le crépuscule polaire, cette demi-nuit étrange qui dure pendant des mois. Malgré l'altitude, le tracé des fleuves m'apparaissait aussi net que sur une carte. Les villes ressemblaient à des fourmilières, les villages à un assemblage de boîtes d'allumettes. Quelle sensation extraordinaire, loin de tout, loin des hommes ! Mes compagnons dormaient, le voyage durant près de dix-huit heures, mais je refusai de fermer l'œil, tant j'étais éblouie.

Enfin, le commandant de bord annonça notre descente. Le nez collé au hublot, je vis les côtes de l'archipel se découper de plus en plus nettement. Les rizières, les forêts, se rapprochaient insensiblement. Le pilote négocia son atterrissage sur l'aéroport de Tokyo. A peine avais-je ressenti quelques secousses que l'Iliouchine s'était déjà posé en bout de piste.

Quand je descendis la passerelle, un trouble indescriptible s'empara de moi : comment ne pas avoir envie de laisser éclater ma joie ? Comment ne pas pleurer, rire et crier à la fois ? Le temps d'un éclair, j'eus une pensée pour mon passé. Je l'avais gagnée, ma revanche ! Mais déjà les officiels nous attendaient. Le travail allait recommencer.

Ce qui me frappa, dès la descente de l'avion, et que je retrouverai partout, ce fut l'accueil des Japonais. Leur sourire presque béat, leur affabilité, leur extrême courtoisie. La ville de Tokyo n'est pas un joyau, loin de là. Plusieurs fois détruite en grande partie, reconstruite sans aucun souci de cohérence, elle est excessivement bruyante et a la triste réputation d'être la plus polluée du monde. Largement influencé, semble-t-il, par les conceptions américaines, le plan urbain a abouti à l'édification hétéroclite d'immeubles surmontés de milliers d'enseignes publicitaires, aux néons multicolores. Des autoroutes, souvent à plusieurs niveaux, franchissent les ponts, longent les fleuves et entourent la ville, déjà cernée d'un chemin de fer. Il ne reste que peu de maisons typiques.

Notre mission d'étude consistait à visiter des usines, des chantiers, à discuter avec des patrons, à participer à des conférences sur les problèmes de sécurité. Très vite, mes carnets furent couverts de notes. Onze blocs de sténo y suffirent à peine.

Notre emploi du temps, bien que chargé, nous laissa tout

de même un peu de liberté. Je pus ainsi, à loisir, explorer la grande cité nipponne puis, plus tard, Osaka, la deuxième ville du Japon, le port de Kobé, mais aussi quelques-uns de ces temples fameux.

Un moment d'extrême tristesse pourtant : alors que nous attendions un vol en direction d'Hiroshima, nous nous retrouvâmes par hasard en présence d'un groupe d'infirmes, encadrés par des infirmières. Des vieillards, pour la plupart, rescapés de la bombe, et d'autres, plus jeunes, résultats monstrueux des aberrations génétiques qui en résultèrent. Abîmés dans leur corps et dans leur âme, installés et maintenus dans des voitures électriques ultramodernes, ils attendaient, comme nous, un avion en retard en raison du brouillard, fréquent dans cette région. La majorité était aveugle. Certains avaient même perdu leur apparence humaine. Des monstres.

C'est en voyant toutes ces malheureuses que j'appris la plus grande leçon de ma vie. Le malheur, sur cette terre, n'a pas de bornes. Mes soucis, mes souffrances passées, n'étaient rien, comparés à cette horreur ! Hiroshima, était-ce pour comprendre enfin cela que j'étais venue jusqu'à toi ?

Notre ultime visite, le lendemain, quelques heures avant de regagner l'Europe, fut pour une petite usine située à trente kilomètres environ de la capitale, dans une région qui, malgré la proximité de la grande cité, avait su conserver le charme immuable de la province japonaise. Rizières, forêts, temples shintoïstes en composaient le paysage. Nous étions hors du temps. Un drapeau tricolore avait été hissé en signe de bienvenue sur le toit de l'établissement, où nous fûmes reçus avec des marques de sympathie touchantes. C'est ainsi que la mission se termina. Fatiguée, mais heureuse, je pris place dans l'avion qui allait nous ramener à Paris.

Assise dans le Boeing de retour, je jetai un ultime regard par le hublot : la côte disparut à l'horizon. Des sanglots nouant ma gorge, je pensai avec mélancolie : Adieu, pays du Soleil levant, tu resteras le témoin de ma victoire.

Victoire sur moi-même.

Victoire sur la vie.

Victoire sur la mort.

ÉPILOGUE

Le jardin secret

Selon certaines croyances, depuis la nuit des temps, une planète brille pour chacun d'entre nous au firmament. La mienne s'était éclipsée dès le début de mon existence, pour ne réapparaître qu'incidemment, transperçant les brumes de mes continuels tourments.

Mon histoire s'achève au Japon, car je ne me souviens pas d'avoir, depuis, éprouvé pareille sensation. Chaque individu se fixe un but. Le mien, ce jour-là, a été atteint. Que j'aie ensuite perdu mon emploi en raison d'un changement de gouvernement et que je sois aujourd'hui, les cheveux gris, à la retraite n'intéressera personne. Les tourments, à force de se reproduire, finissent par sombrer dans la banalité. J'ai perdu ma place après seize ans d'ancienneté, mais quel souvenir ! Personne ne m'enlèvera jamais cette toute petite victoire, immense pour moi. Personne ne m'arrachera l'idée qu'une fois au moins dans ma vie, j'aurai fait partie de la race des gagneurs !

Quant à l'amour... Pourquoi ne pas achever ce récit trouble, peut-être dérangeant — celui de ma vie — par une touche de bonheur ?

Un banal litige avec un voisin m'avait conduite à consulter un avocat. Au premier rendez-vous qu'il m'avait fixé, il était absent et me fit recevoir par un collaborateur. J'étais furieuse. A la seconde entrevue, j'étais bien décidée à lui dire son fait. Il m'ouvrit la porte de la salle d'attente... et je fus subjuguée.

Parler de « coup de foudre », à mon âge, pourrait sembler risible. Et pourtant !

Son sourire, d'abord, la profondeur et l'extrême douceur de son regard, ensuite, m'hypnotisèrent. Je me mis à trembler, incapable de proférer la moindre parole. La soixantaine, les cheveux grisonnants, impeccablement soignés, la stature imposante, calme, élégant, cet homme était mon idéal, et je le compris aussitôt. Il émanait de lui une force rassurante, un charme inné, exempt de tout calcul. Une étrange complicité, naturelle, s'installa aussitôt entre nous. A chaque rencontre, je m'éprenais davantage de lui, de tout ce qu'il représentait pour moi : l'affection.

Je le revis fréquemment. En cliente tout d'abord, puis en amie. J'avais la soixantaine comme lui. Avait-il des sentiments pour moi ? Je le crois. En avait-il peur ? Je ne le saurai jamais. Un jour, cet homme honnête me parla de son épouse... Sur le moment, je crus défaillir. Cependant je m'appliquai à supporter le coup avec stoïcisme, à ne rien laisser paraître de mon immense déception, de mon chagrin. Il ne m'avait jamais rien promis. Je ne pouvais rien lui reprocher. Mon cœur idéaliste conserve à cet ami très cher toute sa tendresse, uniquement de la tendresse. C'est là mon jardin secret...

Et puis je dois encore parler d'un autre bonheur, bien différent cependant. Celui d'écrire. Sur les conseils de mon médecin traitant, et pour rompre une bonne fois pour toutes avec mon passé, j'ai rédigé les souvenirs de mon enfance. Ils ont été publiés sous le titre *la Soupe aux cailloux.*

Lorsque l'éditeur qui avait lu et accepté mon manuscrit me reçut, ma joie était à son comble. Jamais je n'aurais pu imaginer vivre un pareil instant.

La gamine maigre, aux mains déformées par les travaux, la servante d'une vieille dame acariâtre, l'enfant naïve et désespérée, prête à mourir pour un amour perdu étaient loin, et pourtant si proches. Je ne les renie pas. Elles font partie de moi. On ne peut oublier un passé aussi douloureux, on le cache sous le voile pudique du temps qui estompe toute chose. Mais le temps est un tyran qui se charge, quand bon lui semble, de vous rappeler à sa réalité. Au hasard d'une rencontre dans la rue, d'une lecture, d'un rien...

La gestation, puis l'enfantement de ce premier livre ont été pour moi une manière d'exorciser mon passé. Une phrase, curieusement, résonne toujours à mes oreilles : « C'est la bonne aux Provis, sers-la bien ! » C'était un jour où je me rendais dans une épicerie d'Amiens, la ville de mon enfance. Pour mes parents, les voisins, les autres qui ne comprenaient rien, j'étais « la bonne ». Aujourd'hui, je crois avoir gagné mon indépendance.

J'ai donné des interviews, signé des autographes. On m'a quelquefois entendue sur les ondes. Quelle revanche, même si j'ai dû attendre soixante ans !

Il m'est aussi venu l'idée d'apprendre la musique. Oh, bien sûr, je ne donnerai jamais de concert à la salle Gaveau, mais lorsque je m'installe devant mon piano et que je joue Mozart, Diabelli, Schumann, Chopin ou Bach, mon bonheur est sans limites. L'important n'est-il pas de s'essayer à tout, de ne jamais baisser les bras ?

Quand je me retourne, que je regarde le chemin parcouru, je pense et je souris. Tout cela méritait bien d'attendre l'automne, pour découvrir le soleil.

Puisse cette conclusion être un message d'espoir pour tous ceux qui souffrent, pour toutes celles qui souffrent. Même s'il vient du fond de la douleur.

Quoi qu'il arrive maintenant, il me reste mon jardin secret...

TABLE

ACHEVÉ D'IMPRIMER LE 21 MARS 1991
SUR LES PRESSES DE L'IMPRIMERIE HÉRISSEY
À ÉVREUX (EURE)
POUR LE COMPTE DE FRANCE LOISIRS
123, BOULEVARD DE GRENELLE, PARIS

N° d'éditeur : 25397
N° d'imprimeur : 54270
Dépôt légal : mars 1991
Imprimé en France